ちょっとケニアに行ってくる

アフリカに無国籍レストランを作った男

池田正夫 著

彩流社

著者が旅や仕事で訪れた国（ヨーロッパ編）

著者が旅や仕事で訪れた国（アフリカ編）

ケニアの地図

南スーダン
エチオピア
ウガンダ
ケニア
ボゴリア湖
ナクル
キスム
ニエリ
ナクル湖
ビクトリア湖
ナイバシャ湖
アバデア国立公園
ナイロビ
ツァボ・イースト
国立公園
セレンゲティ国立公園
ンゴロンゴロ保全地域
キリマンジャロ山
ツァボ・
ウエスト
国立公園
モンバサ
タンザニア
ダルエス・サラーム

はじめに――ケニアのレストラン奮闘記

この日のメインディッシュは、山羊の丸焼きである。

ケニアの人々は焼き肉が大好きだ。いたるところに肉屋があり、そこで自分の欲しい肉を必要な分量だけ買い、その場で焼いてもらう。なんと、フィレ肉を除いた他の部位はみな同じ値段なのだ。

私もときどきお母ちゃんとこれらの焼き肉を食べたものだ。一キログラムくらいの肉なら、二人でぺろりと平らげてしまう。

ケニアの人は、肉さえあれば文句は言わない。もちろん、歯が丈夫なことが条件である。

この焼き肉に必ずついてくるのが、「カチュンバリ」というサラダである。トマト、玉ネギ、ニンニク、コリアンダーを細かく刻んで、好みに合わせて塩、唐辛子をごく少量加えるだけのシンプルなものだが、爽やかな香りが肉料理にぴったりなのだ。

これらの材料をフードプロセッサーにかけてみたら、こんなにも味が違うものかと感嘆するほど旨い。さらに一晩寝かせてみると、一段と美味しさが増しているではないか。シチューのように、一晩寝かせた方が旨いことを発見したのだ。以来、このソースが病みつきとなる。

さて、その日のお客さまは、ケニアの公供大臣である。
数日前に大臣から電話があり、
「ミスター・イケダ、次の日曜日に私の家でパーティーをするので、料理の出前を頼みますよ」
というのである。そこで、私のレストランのコックとウエイターを引き連れてやってきたのだ。

大臣の屋敷は、それはそれは大きなものだった。三エーカーほどもあるという。日本の坪に換算すると、約三六〇〇坪にあたる。この屋敷には第一夫人とその家族が住んでいた。大臣には四人の妻があり、そのうちの一人はイギリス人だった。

彼女はふだんから私のレストランを利用してくれていた。大臣とは別行動だったが、ご主人と一緒のところを人に見られたくなかったのかもしれない。

大臣のように複数の夫人を持っているのは、イスラム教の人たちばかりではない。そのうえ恋人までいるのだ。

うらやましい限りだが、しかしそれは「体力」と「経済力」がなくてはできない相談である。この高いハードルに挑戦しようとは思わない。

これもビジネスの一環であろうか。

「何を言うか。悔しかったらやってみろ」

と言われそうである。

私が六〇〇坪の雑木林を切り開いて、林庭つきレストラン「シェ・ラミ」を開業したのが、一九九六年八月六日。店のキャッチフレーズは、「スリー・コーナーズ・オブ・ザ・ワールド」。つまり、和洋中料理である。

もともとは私の専門分野であるフランス料理だけを提供するつもりだったのだが、店のディレクターでもあるお母ちゃんが、

「お父ちゃん、ナイロビには日本人もいるのだから、和食も入れた方がいいわよ」

と言うので、なかば強制的に和食が加えられたのである。

ケニア人であるお母ちゃんの持ち株が六割、私は四割。これはケニアでビジネスを始めるときの外国人の持ち株と決められている。この配分からしたら、お母ちゃんの意見を受け入れざるを得ないのだ。

急きょナイロビで知り合った中国人の陳さんに弟子入りして、簡単な中華料理を教えてもらった。これで和洋中がそろったわけだ。

私が目指すのはフュージョン料理だから、これでよいのだ。

レストラン「シェ・ラミ」は、その後、客席三〇席の本店のほかに四〇席の新店舗を作り、さらにバーレストランも建て増しするほど大繁盛することになる。特に新店舗とバーレストランが人気で、お客さまが集中してしまうので、旧店舗は特別室として利用していた。

あまりの忙しさに、

「ローラースケートでもあれば、もっとスムーズに仕事ができるのになぁ！」

と思ったものだ。

「シェ・ラミ」の看板

「シェ・ラミ」とは、フランス語で「友だちの家」を意味する。その名の通り、日本人はもちろん、欧米人から地元ケニアの人々が誘い合わせて来てくれるレストランとなっていた。

開店当初から、アフリカでさんざんお世話になった鴻池組の皆さんの絶大なる支援や、大使館はじめ現地の日本人たち、そしてケニアの人々がランチにディナーにと料理を楽しんで店を盛り上げてくれたおかげなのだ。

毎週金曜日と土曜日はことのほか忙しく、席がすべてふさがってしまい、お客さまには外で待っていてもらうほどだった。

「シェ・ラミ」という名の通り、ケニアにいる世界中の人々が集うレストランだった。

「小切手で支払いたい」と言って、現金支払いを促すお母ちゃんと押し問答になった国連勤務のデンマーク人。

「ここで結婚披露宴を開きたい」と言って、バラの飾りつけの中で皆の祝福を受けた赤十字社のスイス人カップル。

はるばる日本からやってくる旅行者も、後を絶たない。

店の評判をねたんで次々と送り込まれてくる、他店からのスパイ。

そして、レストランに不慣れで右往左往のケニア人スタッフたち……。

日本では想像もできない奇想天外な事件が巻き起こるオドロキの毎日。難問が降りかかった時、悪者に啖呵を切り、パーティ用の店の飾りつけに才能を発揮し、バッサバッサとさばいていくのがケニア人のお母ちゃんなのだ。

そのうえ私は、恩人を助けるために、店をお母ちゃんに任せて南仏サン＝レミ＝ド＝プロヴァンスや南スーダンの首都ジュバのホテルに出稼ぎに行くはめになってしまう。

アフリカの広い空が、私を旅に誘うのである。二四歳で日本を飛び出してから三〇年、ヨーロッパやアフリカのいろんな国で料理の腕を振るってきた。面白そうな国があると、行ってみたくなる。その国で働きながらできた人々とのご縁が、さらに次の国へと旅立たせる。やがて店を構えたのが、ケニアのナイロビだった。そこで私は結婚し、子どもも持った。しかし、私の旅はまだ終わっていない。

これから、私が訪れた国々の話をしよう。

仕事も旅も人生も、風の吹くまま気の向くまま。ヨーロッパもアフリカも、ワクワクすることがたくさんある。顔を上げて耳を澄まし、自分の心を大きく開いてごらん。

さあ、出かけよう。

池田正夫

もくじ◉『ちょっとケニアに行ってくる』

はじめに　ケニアのレストラン奮闘記　5

第一章　日本を飛び出してフランスへ（1968年3月〜1969年11月）

船長となって世界の海を渡り歩きたい　20
東京へ出てコックとなる　22
精養軒を辞めて国際文化会館へ　27
コック見習い特訓の日々　29
横浜大桟橋で憧れの外国船を眺める　31
同僚に誘われてフランス行きを決意　33
飛行機と自転車でパリへ行こう！　34
いよいよ花の都パリに到着！　36
親切な管理人夫妻にフランス語を特訓してもらう　38
ドイツ美人と夢のような一夜を過ごす　43

「五月危機」で混乱のパリ　46
パリ祭で降るパリジェンヌのキスの雨　51
リュクサンブール公園で出会った紳士に誘われ南仏へ　52
南仏エクス＝アン＝プロヴァンスでハウスキーパーとなる　54
セビリアで闘牛を見る　58
留学生が各国料理を披露する「アジアのソワレ（祭典）」　63
南仏の優雅な昼食会を楽しむ　65
エクス＝アン＝プロヴァンスの人々との別れ　68

第二章　ヨーロッパの風に吹かれて料理修行（１９６９年12月～１９７７年5月）

トゥーロンのホテルでコックのスタートを切る　72
スー・シェフの話を聞いてアフリカ行きを熱望　74
モナコ公妃グレース・ケリーの事故死　75
五〇軒のレストランに手紙で就職交渉　77
フランスの珍味フォアグラの虜になる　79
ミチコさんに別れを告げ、アフリカのコンゴへ　84

涼しい高地のルブンバシ市に到着 87
内戦と混乱の続くコンゴ 90
看護師美瑞子さんとの出会い 93
父親の死と交通事故 94
鉱山でグリーンスネークとブラックサソリがお出迎え 96
医師のいない立派な病院 97
炭鉱現場にモブツ大統領を迎える 100
美瑞子さんとの思い出深いムソシ村を去る 101
ケニアのサファリツアーに参加 102
ポルトガルでゴダール夫妻に刺身を造る 105
ブリュッセルのホテルでキッチンを任される 108
ルクセンブルク大公国で冷製料理に舌鼓を打つ 109
美瑞子さんからのうれしい便り 111
材料豊富なジビエ料理の季節 113
ベルギーの郷土料理ワーテルゾーイ 115
美瑞子さんがベルギーの熱帯医学学校に入学 117
初めての「大雨のキス」 119

ザイールでの再会を約束するが…… 121
美瑞子さんとの別れ 123

第三章　アフリカの大地を行く（１９７８年３月～１９８２年10月）

通訳としてアルジェリアへ 126
二〇〇〇人もの技師と天然ガス採掘現場で働く 128
紅茶入りジョニ黒をつかまされる 131
サボテンの実の美味しさに驚く 135
家庭料理クスクスを味わう 137
サハラ砂漠の幻想的な美しさ 139
日本に戻って肝炎を治療 142
アルジェで通訳の仕事をする 144
郷土料理ブリックとイノシシ料理 145
サハラ砂漠で採れる白い大きな岩塩 146
ノルウェーの船会社からの遅かった手紙 148
料理には作る人の性格が現れる 151

ボローニャのスパゲッティーボロネーズに落胆　153
マルセイユ風ブイヤベースの作り方　155
羊の丸焼きをこっそり食べる　158

第四章　おいらの嫁さんケニア人（1983年3月～1996年4月）

ケニア・スワヒリ語学院に入学し、再びアフリカへ　164
生涯の伴侶となるケニア人女性と出会う　166
日本とナイロビの橋渡しをしたムゼー星野　170
学園生活最後にスワヒリ語劇を上演　171
温かく見守ってくれていた母の死　174
ナイロビに戻り、恋人ワンジルと再会　175
ケニアで鴻池組の食事作りをする　178
人生を変えた宮沢所長との出会い　181
息子スティーブンが日本人学校に入学　183
タンザニアでダチョウの卵の特大目玉焼きを作る　185
ケニア人女性ワンジルとの結婚式　188

タンザニアの無人島で豪華魚介類バーベキュー 190
結婚式に出席するため、お母ちゃんがフランスへ 193
お母ちゃんの息子に対する愛の教訓 195
ダルエスサラームのクワヘリ（さよなら）・パーティ 197

第五章　ケニアでレストラン「シェ・ラミ」開店！（１９９６年４月～２００３年１月）

ナイロビに庭付きレストランを持つ 200
仕事に忙殺される毎日 202
コルドン・ブルーがお気に入りの大使館員 205
父娘の無銭飲食詐欺に遭う 206
雑木林の中に山小屋風の店を増築 208
店の繁盛とともに、刺客が送り込まれてきた！ 210
ケニアの大臣にノルウェー産サーモンステーキを提供 212
増築した「バー・ソフィー」が大繁盛 216
キスの雨が降り注ぐ大晦日の年越しパーティ 218
開店二周年目に起こったアメリカ大使館同時爆破事件 220

野生動物専門のバーベキュー場が大当たり 221
「ケニアにおけるベスト一〇レストラン」に選ばれる 224
撮影中のいかりや長介と北野武が来店 228
中央アフリカで医療活動を続ける美瑞子さん 230
南仏のホテルから出稼ぎの依頼がくる 231

第六章 「ちょっと出稼ぎ行ってくる」そして帰国（2003年1月～2009年10月）

ゴダール家の末息子アントワーヌの招待で南仏へ 234
毎日違うレストランでフランス料理に舌鼓を打つ 235
シャトーのオリーブオイル試飲会に参加する 237
アントワーヌとフォアグラの巻き寿司 239
ユーモアあふれるお母ちゃんのお袋さん 244
お母ちゃんはナイロビのディスコクイーン 245
南仏のホテルに「シェ・ラミ」姉妹店がオープン 246
ナイロビの「シェ・ラミ」が強盗団に襲われる 249
トリュフ入り卵とろとろの天下一品オムレツ 251

フランスの仕事を終え、ナイロビに帰る　252
不景気の中で、再生を模索する　253
南スーダンのジュバに出稼ぎに行く　255
チキンのようなワニのムニエルカレー風味　258
「シェ・ラミ」に幕を下ろし、日本へ帰る　260

おわりに　264

＊南仏の町エクサンプロヴァンスについて、この本では現地表記の Aix-en-Provence に準じて、エクス＝アン＝プロヴァンスと表記しています。

第一章

日本を飛び出してフランスへ

（1968年3月〜1969年11月）

船長となって世界の海を渡り歩きたい

いよいよフランスへ。「いい日旅立ち」だ。

この一年間というもの、毎日が楽しかった。それというのも、外国に行くという夢がかなうのだ。興奮するのも無理はない。

ちょうど一年前のことだ。

同僚のウマやん（丸山隆二さん）から、こんな話を持ちかけられた。

「池やん、来年はフランスに行ってみないか？　俺の知り合いがパリで働いているから、彼を頼って行ってみようと思っているんだ」

私にとって、国外に出られるのは「夢のまた夢」だったので、

「正夢とはこのことか」

と、最初は信じられなかった。しかし、ついに実現する日を迎えたのだ。一九六八年三月、私は二四歳だった。

八年前、中学を卒業する際に進学か就職かの選択を迫られ、後者を選んだ。

私は愛知県の高浜海兵学校に入学して、将来は船長になりたかった。担任の先生に相談すると、

「池田！　お前なぁ……。お前の知能じゃ無理だ、無理だ。悪いことは言わん、諦めろや」

と言う。頭ごなしに「無理だ」と何回も言われれば、反発もしたくなるが、その材料がない。先生に言われるまでもなく、私の成績で海兵学校に入学できるとは思っていない。しかし、一五歳の少年の夢を無残に壊され、明日からは一体どうしたらいいのかと途方に暮れた。

そんなある日、同級生の兄から、こんな話が舞い込んできた。

「池田君、君さえよければ、私のいる磐田農業高校に来て、駅伝の練習をしないか。君を特待生として入学させてやるから来いよ」

このころ、私は長距離ランナーとして駅伝を走っていた。頭の悪い私を無試験で入学させてくれるという申し出は、本来なら喜んで受け入れるべきであったろう。

先輩からの提案を両親に相談すると、二人は身を乗り出してくるではないか。

「正夫、将来は学問を身につけておいた方が役に立つから、その学校に入学したらいいよ。磐田農業高校は、駅伝では県下随一の強い学校だから、駅伝の選手として頑張ればいいじゃないか。一流選手として活躍すれば、どこかの大学から声がかかるかもしれないぞ。それに、我が家は経済的にも苦しいから、お前が磐田農業高校に無試験で入学してくれれば、お父さんも助かるのだが……」

しかし、私には「夢」があるのだ。

「おれは、いつかどでかい客船の船長になって、世界の海を渡り歩いてみたいんだ」

と熱く語り、なんとか両親を説得しようと試みる。

すると、父が意外な解決案を出してきた。

「正夫、それほど船に乗りたければ、船のコックとして働いたらどうだ。船長になるには、大学を出ていなければならないが、コックなら大丈夫だ。お父さんの知り合いが、東京のホテルでコックとして働いているから、彼に頼んであげるよ。その人が、きっとお前の夢をかなえてくれるだろう」

「その手があったか」と、私の胸は希望で膨らむのであった。

東京へ出てコックとなる

私が四歳の時に、家の裏側にあった料亭から出火し、それが火元となり大火事になった。我が家を含めた一五〇戸もの家が炎に包まれたのだ。

家の前には二俣川が流れているが、ちょうど水不足の折で、手押しポンプをいくら押しても水はちょろちょろとしか出ない。とてもこの大災害を鎮火させることはできなかった。

我が家には、祖父母と両親に六人の子ども一家一〇人に加え、父親の兄弟の二家族が同居していた。炎に包まれた池田家は全焼した。この大火後、二家族は我が家から離れ、それぞれ安住の地を求めて二俣を去っていった。

幼い私の記憶にあるのは、大火の炎がとても美しかったことだ。その紅の火は、私の心深くに刻み込まれたのである。祖父は、小料理店を開いていたという。私はまったく覚えていないのだが、知らずしらずのうちに祖父の血を受け継いでいたのかもしれない。

中学を卒業する時には、船長になれなければ、船のコックになって世界の海を渡っていこうと決心したのである。

たくさんの楽しい思い出を残して、いよいよ東京に向かう。しかし、田舎を去るのがこれほど淋しいとは……。少年の心は、激しく揺さぶられるのだった。

家族や友人たちと別れ、父に連れられて浜松駅を後にする。

当時、浜松と東京は、普通列車で約六時間かかった。初めての東京への旅は、まるで外国へ出掛けるかのようである。

列車に乗っている間、私は希望に満ち溢れていた。

とうとう憧れの東京に着いたのだ。東京の親戚の紹介で、私は港区にある芝大門精養軒で働けることになっていた。

父はその夜は東京に一泊し、

「正夫を連れて田舎に帰りたいが、いつかは田舎を離れる時が来るのだから……。それにしばらく辛抱すれば、親戚の人がいるホテルに引き抜いてくれることになっているから、それまでは辛抱しなさい」

と言い残し、翌日、私一人を残して田舎に帰ってしまった。

急に心細くなった私は、トイレにこもって大泣きに泣いた。

そうして、ついに私は芝大門精養軒でコックとしての一歩を踏み出すこととなったのだ。この店は、レストラン部門、洋菓子部門、そしてパン工場部門に分かれていた。パン工場はレストランから歩いて一〇分ほどの場所にあり、二階が従業員の宿舎になっていた。父が驚いたのは、その二階の宿舎である。

二階には、従業員が三〇名ほど寝泊まりしていた。その三〇名が二段ベッドで寝ているのだ。わずか布団一枚だけが自分のスペースであり、プライベートなんてあったものではなかった。

そこにダニが発生した。私は少々やられただけだったが、隣の男は体中をダニに食われて高熱を出してしまった。彼はすぐに病院に運ばれたが、ビックリ仰天である。なんという宿舎であろうか。

しかし、私にとっては初めての職場だ。とにかく我慢である。

親戚の人が、

「正夫君、もう少しで私のいるホテルで働くことができるから、それまで辛抱しろよ」

と励ましてくれる。その日の来るのが待ち遠しかった。

精養軒では、もっぱら出前小僧として、自転車に乗って走り回った。その仕事は苦ではなかった。狭いキッチンにいるより、青空の下であちらこちらと出前していた方が楽しかった。週に三度ほど出前を注文してくれる事務所があったが、そこに行くのは楽しみであった。というのも、受付のお姉さんが親切で、たいそうな美人だったからだ。

「お姉さん、頼まれた出前を持ってきました」

「そう。ありがとう。そこに置いてちょうだい。坊や、ここまで出前を運んでくるのは大変でしょう?」

と優しく声を掛けてくれる。

「いえ、お姉さんの顔が見られるから、ここに来るのは楽しみなんですよ」

なんてことは言えない。心で思うだけである。中学を出たばかりの小僧がこんなセリフを吐いたら、社会問題に発展しかねないのだ。それはまあ大げさとしても、とにかくきれいなお姉さんに会うのは出前の大きな楽しみであった。

精養軒に入社したばかりの頃は、田舎を離れて淋しくてたまらず、しばしばトイレに駆け込んで泣いていた。そんな時、菓子パンの残り物をポケットに入れて、トイレの中で泣きながら食べた。

私より少し遅れて、同級生のＫ君が下高井戸の材木屋に就職してきた。彼は、私の東京での唯一の友人であった。一カ月に一度、彼と会うのが楽しみであった。

私たちが向かうのは、必ず銀座であった。「銀座に行く」ことは、私たちを少しばかり誇らしい気持ちにさせてくれた。

当時の給料は二千円である。それを持って銀ブラするのだ。芝大門ではラーメンが四〇円のところを、銀座では六〇円も取られる。私の給料では贅沢はできず、せいぜいラーメンを食べるのが楽しみであった。

二番目の兄が私より先に東京に出て働いていたので、ときどき会ってご馳走になる。

「何を食べようか」

と言ってくれるのだが、食べられるものなら何でもうれしかった。

また、長兄は大林組に入社しており、彼も東京勤務であった。私たち兄弟の中で一番の高給取りである。長兄が「何を食べる？」と聞いてくれた時には、即座に、

「カニを食べたい！」

と答え、銀座で有名なカニ料理店に連れて行ったもらったものだ。

この料理屋では、初めてフグ料理も食べさせてもらった。あまりの美味しさに病みつきとなり、よくせがんで連れてきてもらった。

二カ月後、親戚から麻布鳥居坂にある国際文化会館に就職できることになった、という電話が来た。私にとって、飛び上がるほどうれしい知らせであった。

精養軒を辞めて国際文化会館へ

いよいよ精養軒を辞めて、麻布に移る日が来た。シェフに、「僕は田舎に帰ることにしたので、明日、この店を辞めます」と嘘をつくが、とても嫌な気分だ。彼にはずいぶんかわいがってもらったので、彼のもとを去るのは後ろ髪を引かれる思いだった。しかし、自分の将来のためには仕方がないのだ。

そうして私は国際文化会館に入社することとなった。公益財団法人国際文化会館（現）は、一九五五年（昭和三〇年）に開館した、ロックフェラー財団をはじめとした国内や海外の諸団体や個人の支援によって設立された施設である。

三菱財閥創始者の岩崎弥太郎の甥の岩崎小彌太が戦前に所有していた三〇〇〇坪もの敷地を、初代館長松本重治氏たちが国から払い下げしてもらって、海外からの学識経験者を迎え入れられるように設計して建てたのだ。

日本と世界の人々との文化交流などを通じて国際相互理解の場となることを目的とし、各国からの研究者たちが集まって会議などを行うほか、ホテルのように宿泊もできた。

館長の松本重治氏の妻の花子さんは、上野の国立西洋美術館の基となった美術品、松方コレクションの収集で知られる実業家松方幸次郎氏の娘であった。

会館の裏側には土蔵が残っており、その中には家宝を思わせる鎧や兜、刀剣類が山積みされていた。ときおり旧岩崎家の使用人たちがこの土蔵を掃除しにやってくると、それらの財宝を垣間見ることができた。

会館の敷地は高い築山に囲まれていて、外から中を見られないような造りになっている。会館と築山に取り囲まれるように、みごとな日本庭園がある。日本庭園には池がしつらえてあり、その一角の水面の上に会議室（現在はレストランになっている）が造られている。

驚いたのは、夏の暑さをしのぐための設計上の工夫であった。築山に洞穴を掘り、外側から洞穴を通して風を会議室の下の水面に送り込み、会議室を床から冷やす仕組みになっていたのだ。現在のエアコンの代わりである。

クーラーのなかった戦後間もないころに考えられた頭脳的な建築方法に、私はおおいに感銘を受けた。また、この文化会館の庭園で、視察に来られた皇太子さまと美智子さまを遠くから眺めたのも鮮やかに覚えている。

それ以降、私は日本庭園に興味を持ち、都内の有名な庭園を鑑賞して回るようになった。そして、このことがのちに私がアフリカでレストランを持ったときの庭づくりに活きてくることとなる。

コック見習い特訓の日々

国際文化会館に職場を移し、ようやく本格的に料理の勉強ができるという期待感が高まっていた。ところが、それから三年たっても皿洗いや鍋洗いばかりなのだ。なぜなら私の上の先輩たちは誰も辞めないので、私はいつまでたっても皿洗い鍋洗いの専門家のようなものなのである。

その間、先輩たちの仕事を盗み見して、ときどきは真似をして自分なりに料理を作ってみたりしていた。もちろん、夜、先輩たちが厨房からいなくなってからだ。

オムレツの作り方は、何回練習したことか。

最初のうちは、フライパンの中に入れた布を回転させ、技術を練習する。本物の卵をつかったら、「経費の無駄使い」と怒られてしまうからだ。

ところが、その布さえもフライパンの外にはみ出してしまう。先輩にオムレツ作りの名人がいたので、手ほどきを受けて一応はできるようになった。

この時の特訓のおかげで、後年パリでフランス人の料理人よりも上手にオムレツを作ることができたのである。先輩に感謝である。

この名人には、もう一つの名人芸があった。それは、チャーハンの作り方である。

彼は重い大フライパンを両手で持ち上げ、具を混ぜたライスを天井高く舞い上げてチャーハンを作るのだ。具とライスは五〇センチメートルもの高さに飛び上がり、しかもみんな仲良くフライパンの中に納まるのである。しかも、何とも言えないほど美味い。

しかし、それは見事な名人芸と言うにふさわしい技術であった。私も何度もトライしてみたが、私にはどうにもできないのだ。

熱いライスを空中高く舞い上がらせて冷えた空気と接触させることで、ぐっと米粒の身が締まり、触感を心地よいものにするのではないだろうか。旨さが増すのである。

空気に触れる時間が少ないと、ライスは乾ききれずにベターッとした触感になってしまう。チャーハンの美味しさは、カラリとしたところにある。名人が作ったチャーハンの旨さの秘密はそこにあると思う。

そうはいっても、皿洗いばかりが続く日々にさすがの私も嫌気がさし、

「コックはもう辞めよう」

と何度思ったことだろう。

その都度、両親から、

「正夫、我慢しなさい。最初は誰でもそうなんだよ。それからいろいろな経験を積み重ねて成長していくのだよ」と説得された。

「自分には、他の仕事もあるのではないか」

という考えもしばしば頭をよぎり、もやもやした気持ちを抱えながら仕事を続けていた。

しかし、結果的には、あの時コックを続けていてよかったのだ。両親には感謝しなければならない。

横浜港大桟橋で憧れの外国船を眺める

国際文化会館で働いている時、私は横浜港大桟橋に何度も足を運んだ。新聞で豪華客船が入港するという記事を見つけると、急いで横浜港大桟橋に出かけるのである。

イギリスの「クイーン・エリザベス2号」。この客船は七万トン強で、一九六九年就航当時は世界最大の客船であった。オランダ船籍の「アムステルダム号」と姉妹船でロッテルダムの貴婦人と呼ばれた「SSロッテルダム号」はともに総トン数六万トン超である。それらの客船の美しさに魅了された。

そして、一九六二年に就航した出光興産の約一四万トンの日章丸との出合い。日章丸は、当時世界最大級のタンカーであった。それ以降、一〇万トン、二〇万トンといった巨大タンカーが各国で造られていくことになる。日本におけるタンカー造りの技術が注目された時代でもあった。

そして、私は桟橋から海を眺め、

「あの大きな客船に乗って、外国へ行きたいなぁ……」

とため息をつくのである。

しかし、そのチャンスは皆無であった。それでも外国船が入港するたびに、大桟橋に出向いて飽きずに眺めるのだった。

「いつの日か、あの船に乗りたい」

と願いながら……。


そんなある日、会館で働いていたバーマンのおじさんから、

「池田君、そんなに船に乗りたいなら、私が以前乗船していた東洋郵船を紹介してあげるよ」

と声を掛けられた。

「おじさん、ぜひ頼んでよ。船に乗れるなら何でもするよ。この通りお願いします」

私は思わず小躍りして、頭を何度も何度も下げた。日本とオーストラリアの航路を走っている豪華客船だという。

ところが数日後、おじさんから連絡があった。

「池田君、残念なニュースだが、このオーストラリアの航路は中止となって、この先どうなるかはわからないそうだ」

この時を待ち望んでいた私には、まことに残酷な知らせであった。がっくりとして何も手につかないほど無気力になってしまった。

それでも外国船が入港したというニュースが入ると、飽きずに桟橋に出かけ、自分の夢を温め続けた。いつの日か、夢が実現する日を信じて、悶々と過ごしていた。

同僚に誘われてフランス行きを決意

どん底に突き落とされたような日々を送っていた私に、まさかの大吉報がもたらされた。それからの一年間というものは、夢が膨らみ、毎日が楽しかった。

ある日、同僚のウマから、声を掛けられた。

「池やん、来年一緒にフランスに行かないか。おれの知り合いがパリのレストランで働いているので、彼を頼って行こうと思っているんだ」

「おいウマ！　おれはお前と一緒にフランスに行くぞ！」

私は興奮した。外国に出たいという「夢のまた夢」が実現するかもしれないのだ。

それからは、ウマとフランス行きの計画を立てる日々が続く。彼は大学で仏文学をかじったというので、フランスに着いてからの言葉の心配はないという。ただ、かじったというのがどの程度かわからない。

このことを告げると、両親はフランス行きを賛成してくれた。

「正夫、船には乗れなかったが、フランスに行くことができるなら、よかったじゃないか。

私たちは何も援助できないけれど、身体だけは気をつけるんだよ。そして、向こうに行って落ち着いたら、私たちを呼んでおくれ。一度は外国というところをこの目で見たいものだ」

親父さんは、親父さんなりの夢を胸に抱いていたのかもしれない。私が末っ子であったのも幸いだった。両親の面倒は長男が見てくれるから安心だ。

国際文化会館を紹介してくれた親戚の宮城さんやシェフの椿さんに気持ちを打ち明けると、

「よくその決心をしたね。ぜひ頑張ってきなさい。そして、帰国したら我々にフランス料理を教えてくれよ」と励まされた。

のちに椿シェフとはフランスで再会することになる。その際の援助には感謝している。

飛行機と自転車でパリへ行こう!

私たちは、フランスへの渡航コースを三つ考えた。

まず一つ目は、船でソ連(当時)のウラジオストックに渡り、シベリア鉄道を利用して一〇日間でパリに着くコース。これは当時、もっとも安い交通費でパリに行けるルートであり、学生たちがよく利用していた。

二つ目は、横浜港からM・M郵船でアフリカの喜望峰を回り、約一カ月後に南仏マルセイユ着のコースである。このコースは、船中でアルバイトができるという特典がつくという。私たちはコックだから、この手のアルバイトはお手のものだ。

三つ目は、相棒のウマが「飛行機で早く向こうに行こう」と主張し、パンアメリカン航空でイタリアに入国し、そこで自転車を購入してパリに入るというコースだった。

特に急ぐ旅ではなかったのだが、話し合いの結果、私たちは三つ目のコースを選ぶことにした。イタリアから自転車に乗ってパリに行くというのが、私にはロマンチックに思えたからだ。

さっそく旅行会社で片道切符を購入する。そして、一週間後には、その頃の持ち出し許可の上限だった三〇〇ドルを懐にパリへ向かうのだ。当時、一ドルは三六〇円であったから、一〇万円ほどの金額である。それが私の全財産だった。

田舎に帰ると、友人や両親、兄弟姉妹が集まって、別れの宴を催してくれた。

「土産話を楽しみにしているよ」と言う友人もいた。

しかし、私は帰国する気はさらさらなかった。生活できる限りはヨーロッパに留まるつもりだった。そのための片道切符なのである。

初めて飛行機に乗る旅立ちの日、両親が羽田空港まで見送りに来てくれた。私のカバンの中には、梅干し、母親が作ってくれたシソの葉の粉、醤油の「三種の神器」が収められている。食文化の違う外国でも、これさえあれば心配ない。そもそもこれからフランスで暮らすのだから、フランス人と同じものを食べようと思っている。あくまで用心のためのものなのだ。タラップを上り、飛行機の窓から外を見ても、ごった返す人の波の中に父母は見つけられなかった。心の中で「行ってきます。また逢う日まで」と別れを告げた。

いよいよ花の都パリに到着！

マニラ空港、インドのデリー空港、パキスタンのカラチ空港、エジプトのカイロ空港を経由して、ようやくイタリアのローマ空港に到着する。生まれて初めて外国の都市に立った私には、ローマの街はなんとも大きく感じられた。そこで四日間ほど観光をして、いよいよパリに向かう。

自転車を買ってパリに入る、というのが当初の計画であった。しかし、現地の様子を見ていると、イタリアからフランスにまたがる山脈を自転車で越えることはこの上ない困難を強いられると悟る。

そこで「予定はあくまで予定であって、状況に合わせて臨機応変に行こう」ということになる。そうして、私たちは夜行列車の木の椅子の三等席で、憧れのフランスに入国することになったのだ。ロマンチックも何もあったものではなかった。

堅い座席で夜を過ごし、いよいよパリに到着する。フランスに足を踏み入れた瞬間であった。

私たちは、とうとう花の都パリに着いたのだ！　しかし、パリに来たのはいいが、いったいどこに行けばいいのか。

パリにはウマの知り合いがいるということだったが、それは私を安心させるための口実だったのだ。それでとりあえず、日本語を話せるオフィスに行くことにし、シャンゼリゼ通りの日本航空（ＪＡＬ）のオフィスに向かう。

ところが誰に道を聞いたらいいものやら、大きなスーツケースを抱えて右往左往してしまう。通りすがりの夫人に聞いてみるが、何を言っているのかわからない。結局地図を見ながら行くと、なんとか日本航空のオフィスにたどり着くことができた。

オフィスでオデオン駅近くの学生街にある安いホテルを紹介してもらう。書いてもらった地図を片手に無事ホテルに到着。

「ウマ、よかったなー。これでしばらくは安心して眠れるよな」

メトロ駅から徒歩五分なので、ちょうどよい場所である。ホテルの女主人が出てきて、日本航空から電話があったので、ホテルの最上階の部屋を取ってあるという。

普通、最上階と言えば「ＶＩＰルーム」を指すのだろうが、我々のＶＩＰルームはベッドが二つと、洗面所があるだけの殺風景な部屋だった。しかし、七階の最上階だけあって、窓からの眺めは素晴らしい。これからここが我々の邸宅になるのだ。

朝食付きで一〇フラン。当時は一フラン七〇円である。朝食はパンは食べ放題、カフェオレは飲み放題だから、朝腹いっぱい食べて、昼食は抜き。節約第一である。それにしても、このクロワッサンとカフェオレは美味かった。この半年後、あとで述べる、フランスのパンに旋風を巻き起こした新しいクロワッサンが登場する。

朝食後は近所を散歩する。地理を知るには散歩するのが一番である。目の前には、市民の憩いの場所であるリュクサンブルグ公園がある。

親切な管理人夫妻にフランス語を特訓してもらう

さて、これから職探しである。しかし、その前にビザを取らなければならない。そのためには、学生ビザを取るのが手っ取り早い方法である。これはパリにやってきた外国人の誰もが通る道なのだ。

私は「アリアンス・フランセーズ」という語学学校に通うことにし、学生時代にフランス語をかじったというウマに願書を書いてもらった。そのおかげで、学生として一年間の学生ビザを取ることができた。これであと一年は、後ろ指を指されることなく、安心して生活ができるのだ。

結局このホテルオデオンには、一カ月ほど滞在し、毎日リュクサンブルグ公園を横切って学校に通った。

こうして、パリでの新しい生活が始まるのだった。

クラスは初級中の初級。日本人は私一人で、他も諸外国からやってきた人たちばかり。フランス語を話せる生徒は誰一人としていないのだ。クラスの中では、みな身ぶり手ぶりでの会話だ。これでは意思疎通は図れない。クラスの中の紅一点、ユーゴスラビアから来たベラトリスに会うのだけが楽しみなのだ。

授業が終わると、フランス語も話せないのに就職活動をするのが日課であった。

ある日の午後、ウマと二人で歩いていると、オペラ座の近くにあるレストラン「シエーポール」が目についた。二人で恐るおそる店の戸を叩き、「オーナーに会いたい」と伝える（言ったつもり！）。

するとと店の奥からどでかい男が現れ、

「何の用だ？」

と、ドスの利いた声で言う。ちょっとばかりビビってしまうが、勇気を出して身ぶり手ぶりで頼んでみる。

「我々はコックで、仕事を探しているのですが、空きはありませんか？」

「お前たちのような得体のしれないものを店で雇うわけにはいかん！」

そういうなり、私たちの首をつかんで、外に「ポイ！」と放り出されてしまったのだ。

「いてて－！　今に見ていろよ。我々は将来大物のシェフになるためにフランスくんだりまで来たのだから、このまま引っ込んでなんかいられるか」

そう捨て台詞を残し、退散した。そして、

「まあ、こんなこともあるさ」

と、ウマと慰め合うのだった。

この語学学校で、私は同世代の理容師さんの吉野さんと知り合った。彼は理容師の技術をマスターするためにフランスに来たのだ。元日本チャンピオンだという。吉野さんとは何となく気が合い、三人で一緒に住めるアパートを探すことになった。

新聞を見ながら探し当てたのは、エトワール広場近くの一七区にあった。アパートの管理人に連れられて螺旋階段を七階まで登る。またしても屋根裏部屋である。備え付けの家具があり、三台のベッドを入れると部屋いっぱいになってしまう。一人用の部屋を三人で借りるのだから仕方がない。家賃は一カ月九〇〇フランで、三人で分担だ。そのころ、私たちは日本食レストラン「宝家」でアルバイトを始めて生活費を稼いでいた。私とウマの給料はそれぞれ六〇〇フラン。学費は一カ月四〇フランだったから、節約しながら、私たちの稼ぎで何とかやっていけたのだ。当時、一フランは七〇円だった。

しかも、屋根裏部屋の丸窓を開けると、エトワール広場（現在シャルル・ド・ゴール広場）が目の前に現れるのだ。エトワール広場の中央には壮大な凱旋門が立ち、そこから一二本の道が放射状に延びている。こんな素晴らしい景色のアパートに住むことができるなんてそうざらにあることではない。それからはこのＶＩＰルームが我々の生活の基盤になるのだ。

このＶＩＰルームには、学校で知り合った友だちが集まって一緒に飲んだり、ときには泊まっていくこともある。みなで雑魚寝である。

アパートの近くには露天商がズラリと軒を並べている。そこで食材を買ってアパートで調理する。一人あたま三フランもあれば、昼食も夕食もできてしまう。私たちはコックなのだから、いかようにも節約できるのだ。まるで魔術師のように、次から次へと変化のある料理がテーブルに並べられる。読者の皆さんには想像もできないかもしれないが、それをやってのけるのが「プロの腕前」というものだ。

飲み物といえば、ワインである。当時はワインをペットボトルで売っていた。なんと一本一フランという安さである。

寒い夜は、これでヴァン・ショーを作って飲む。これは温めたワインに砂糖とシナモン、あるいはナツメグを少々入れた飲み物だが、甘口のため、つい飲みすぎて悪酔いしてしまう。

その頃、まだ私はワインに慣れていなかった。風邪を引いたからとヴァン・ショーを二、三杯飲むと、酒に弱い私は前後不覚に陥ってしまう。それからは三日ほどベッドで唸ることになるのだ。その悪酔いたるや、天井と床がひっくり返ったようである。

一九六八年八月ごろだっただろうか。パリの中央市場が閉められ、その後は小さな店が出店するようになっていた。その中の一軒の店で売られたクロワッサンがパリ中の注目を集めたのである。それは、バターをたっぷり使ったそれまでにない味と触感の「新クロワッサン」であり、パリジャンを喜ばせることとなった。これが現在のクロワッサンとなり世界中に広まったのである。

アパートの管理人のベルナール夫妻が、ときどき私たちの部屋に来てフランス史の講義をしてくれるが、チンプンカンプンである。私たちはまだろくに話せないから、会話は常に夫妻からの一方通行である。

そのうち、今度は夫妻が住んでいるアパートのほうに招待されて、お茶をご馳走されるようになった。そして、フランス語の特訓を受けるのだ。特にRの発音をくどいほど直された。

それでも夫妻は、私たちをたびたび招待してくれるのだ。そしてフランス語を教えようと努力してくれる。彼らには子どもがいなかったので、そのせいかもしれない。

私はフランス語はまったくできなかったが、そんな状態でも悩むことはなかった。とにかく初めての外国である。言葉なんぞに悩んでいる暇はないのだ。

しかし、語学学校で知り合った大学でフランス文学を専攻している多くの学生たちが、フランス語の壁にぶつかって悩んでいた。そのうちの幾人かは、その壁を破れずに帰国していった。

ドイツ美人と夢のような一夜を過ごす

就職活動を続けているが、なかなか見つからない。そのうちに、Y君がアルバイトの口を見つけてきた。「日本食レストラン　宝家」でアルバイトできる人を探しているという。私とウマはさっそく宝家に行き、アルバイトで働けるようにお願いした。

交渉の結果、私は宝家のキッチンで、ウマはウエイターとして働けることになった。これでしばらくは腹いっぱい食べられる、と言ってウマと握手。

ただ、足元を見られていたのであろう、給料はたったの月六〇〇フランであった。なんという薄給であろうか。そのうちの半分の三〇〇フランは、アパート代に消えてしまうのだ。しかし、フランスパンにシソの粉を振りかけて食べていたときよりは、人並みな生活ができるから、これでよしとする。

宝家は、オペラ座通りにあるパレ・ロワイヤルのすぐ裏にあり、私たちはメトロ代を節約するために昼の休憩をはさんで毎日シャンゼリゼ通りを二往復した。ゆっくり歩けば片道四〇分はかかる距離であったが、苦にはならなかった。アパートに帰るのが喜びだったのだ。

エレベータのない七階の屋根裏部屋まで、一日二往復、ときには三往復もするのだが、これもいい運動になって楽しみのひとつであった。

シャンゼリゼ通りのコーヒーショップには観光客が多く、道を行き交う人々を微笑みながら眺めている。反対に、私たちも散歩しながら店内の人々を眺めて歩く。ときおりハッとする美人がいると、何となく心がウキウキするのだった。

「こんな美人と一度でいいからデートしたいなぁ〜」

と夢を見るのだ。


アルバイトを始めてしばらくたった頃、天と地がひっくり返ったような大事件が起こった。ある夜、ウマから伝言が届いた。

「おい、池やん。今夜はドイツから来たお姉さんと一緒に飲みに行くから、そのつもりでな」

いったい何が起こるのだろうか。

約束の時間になると、ほんとうに美人が店に来るではないか。そして、

「はじめまして。私はエミーよ。よろしくね」と、片言の日本語で挨拶するのだ。

「私はドイツ人で、今、パリに観光に来ているの。さあ、これからどこかに飲みに行きましょ

うよ」

店が閉まった後、三人で近くのバーをはしごする。パリの胃袋と言われている中央市場があり、その中で、一杯が二杯に、三杯にと杯が進み、三人ともほろ酔い加減になるのだ。酒に弱い私はすぐに酔いが回ってしまった。

時計を見ると、もう午前三時である。

「もうそろそろ帰りましょうよ」とエミー。

「このまま帰るのは残念だなぁ」と内心思っていると、なんと「爆弾発言」が飛び出てきたのだ。

「近くに私の泊まっているホテルがあるから、そこに行きましょう」

その頃には、買い出しの人々がたくさん市場にやってくる時間である。ホテルの管理人も船をこいでいることだろう。エミーは唇に指をあてる。

「シー！　音を立てないでね。管理人が目を覚ますといけないから」

「ウィ、マドモアゼル。わかったよ」

我々は忍者のごとく、忍び足で彼女の後についていくのだ。シャワー付きの小さな部屋であったが、一人用なら充分である。しかしこの夜は三人だ。するとエミーが、

「もう寝ましょうよ」

と言って、一つのベッドに彼女を挟んで文字通り川の字になって寝るのだ。こんなことは

想像だにしなかった展開である。

私たちは三人ともかなり飲んでいたので、そのまま朝方まで寝入ってしまった。

翌朝、管理人に見つからないように、また忍び足でホテルを後にするのだった。その後、彼女と会うことはなかった。

「五月危機」で混乱のパリ

花の都パリでリヤカーを引くなんて、思いもよらなかった。

アルバイト先の宝家でときどき中央市場に買い物に行かされたが、輸送手段はリヤカーだ。田舎にいるときには、近所の製材所までリヤカーを引いて行き、製材の残りを風呂の薪用に分けてもらったものだが、それ以来になる。他人には見せられない姿である。

中央市場はかなり広い。「パリの胃袋」と呼ばれ、全国各地から業者が買い付けに集まっている。それはそれは賑やかな風景である。

驚いたことに、中央市場には牛の頭が何十頭分も並べられている。私は思わず目をそむけてしまった。これでは食欲もなくなるというものだ。

今日目指している買い付けは、マグロである。日本では、大トロ、中トロ、赤身では値段が違うが、パリの市場はどこを買っても同じである。それゆえ、ここぞとばかりに大トロの部位を集中的に買い、日本のように大トロと中トロの値段を分けて店に出すのだ。

この市場の近くに「ピエ・ド・コション」という名のビストロがあり、オニオンスープが絶品だと評判であった。一度だけ食べてみたが、いささかがっかりの味であった。この味がパリの人々にとって絶品なのだろうか。私たちはまだパリに来て日が浅いので、このような味に慣れるのは時間がかかるのであろう。

私たちと同じように日本からフランスへ料理修業に来ていた店のコック仲間が、ある日、ホテルの自室で手首を切って自殺を図った。原因はよくわからない。ノイローゼのようなものであったかもしれない。その後、彼は帰国していった。


その頃のパリは、革命ともいわれた「五月危機」が起こった最悪の経済事情のさなかにあった。

一九六八年五月初旬、パリで大規模な反体制を求めるゼネラル・ストライキが勃発した。やがてそれは学生運動と相まって、学生と労働者が参加した大規模なデモとゼネラル・ストライキに発展した。

学生は主にアメリカによるベトナム戦争とソビエト連邦のプラハの春事件などへの反発を理由に掲げていた。これらを武力で阻止しようとしたフランス治安部隊に抗議した民衆によって、工場や交通システムがストライキに突入したため、フランス経済は完全にマヒし、物価が高騰するなど社会が混乱していたのである。

銀行に日本円を持ち込んでも、

「ふん、紙切れ同様の日本円など交換できない」

と言われた時代である。学生街であるサン・ミッシェル界隈では、学生がデモを起こし、警察や軍隊から投げ込まれる催涙弾が飛び交っていた。それを私たちはコーヒーショップから見物していた。

この「五月危機」が始まってから、私たちの上にも危機が訪れるようになった。メトロなどの交通機関がストップし、多くの人の移動が困難になった。私も働いていた宝家から自宅まで歩いて通わざるをえなかった。しかも、一日二往復である。これでは、客足は遠のいてしまう。

やがて数多くのレストランや商店が、閉店に追い込まれることとなる。

私が働いていた宝家も例外ではなかった。宝家はしばらく休業することになり、私たちは職を失う羽目となった。

私はレストランの仕事から解放された。つまり、職を失いブラブラするのみである。せっかくの腹いっぱい食べられる生活から、どん底に突き落とされた。なんともやるせない気分であった。

時間はあるので、ビストロを食べ歩いたり、カフェや買い物を楽しむ。ルーブル美術館やベルサイユ宮殿にも足を運んだりした。ベルサイユ宮殿の広い庭は素晴らしいが、あまりにきれいに刈り込まれた木々を見ていると、自然を活かした日本の庭園の美しさはなんと心安らぐものだろうかと思った。

ある日、宝家でアルバイトしていたころの同僚シゲハラさんから、
「池やん、もし興味があるなら、ブリュッセルに働きに行ってみるかい？」
と提案された。私はすぐさまその話に乗ることにした。

ブリュッセルは、ベルギーの首都である。フランスに来て以来、初めての国外旅行だ。フランス語もろくに話せないのによく国外旅行をする気になるものだ、と自分でも呆れてしまう。ブリュッセルはフランス語とオランダ語が公式言語になっているが、市民の多くはフランス語を話すという。まあ、なんとかなるだろう。

パリ北駅から一人で列車に乗る。山はまったくなく平らな土地が延々と続き、三時間ほどでブリュッセルの北駅に着く。地図を片手に、シゲハラさんに紹介されたプドリエールという宗教施設に向かう。

プドリエールは、クリスチャンが経営していて、旅人たちを拒まず、何人であれ歓迎してくれる。そして、宿泊と食事が無料なのだ。その背景には、クリスチャンの考えがある。そ

の代わりに手伝いのアルバイトをして、その収益すべてを教会に渡すのだ。プドリエールは市の中心地にあるため、どこに行くにも便利である。

そして、各国から多くの若者たちがやってきては通過する地点でもある。北はスウェーデン、ノルウェー、フィンランド、デンマーク、オランダ、イギリス、ドイツ、フランス、スペイン、そして日本からは私一人。これらの国々から旅の疲れをいやすために数日間、諸外国の人々と暮らすのだ。

皆さん数日間ここに逗留して、いろいろな経験談などの交換をする。私も話の輪に加わりたいのはやまやまだが、フランス語や英語を話せないのではいたしかたない。ドイツからやってきた中年のおじさんもフランス語を話せないため、簡単な英語でなんとか私とコミュニケーションを取ろうと努力してくれた。食後にはロビーに集まって音楽祭をしたりして、フランス語を話せない私でもまったく退屈することはなかった。

このベルギーという国は、大きく二つの民族がある。フランス語を話す民族「ワロン系」とオランダ語を話す民族「フラマン系」である。標識は必ず二カ国語で書かれているように、両者の対立がある。一つの言葉に統一されるのはまだ遠い道のりである。

パリ祭で降るパリジェンヌのキスの雨

七月一四日は、有名なパリ祭である。フランスでは一番大きな祭りである革命記念日だ。一九六八年の当時はド・ゴール大統領の生存中であり（二年後に亡くなる）、シャンゼリーゼ通りをオープンカーに乗っている偉大な大統領の姿を垣間見た。

このパレードは、道の両側の並木にものすごい数の観客が陣取って、大統領を一目見ようという人の波であった。私はそれらの人混みを押しのけ、やっと隙間を見つけ、大統領が来るのを待ったのだ。

その夜、シャンゼリーゼ通りを散歩すると、あちらこちらでキスの雨が降っているではないか。

この日はパリ祭の無礼講とのことで、見知らぬ誰とでもキスをしてもいいのだという。キスをされたら返礼をしなければ失礼にあたる。このチャンスを逃してなるものかと、マドモアゼルたちを探してキスを迫る。

私にも「ボンソワール・ボンヌ・フェット（良い記念日を）」と言って、パリジェンヌがキスを求めてくるのだ。

私はその返礼をしなければと、パリジェンヌたちにも倍以上の返礼をするのだが、セクハラで訴えられることはないのだ。相方が拒まない限り、違反にはならない。

このキスの雨で仲良くなってカップルが誕生することはないだろう。なぜならこのキスは「通り雨」だからである。

リュクサンブール公園で出会った紳士に誘われ南仏へ

私はよくフランスのパリ六区にあるリュクサンブール公園を散歩したものだ。一フランで買った大きめのサンドイッチに「シソの花の粉」を振りかけて食べるのだが、意外にうまかった。これが私の昼食である。「シソの花の粉」は、日本を発つときに母からもらったふりかけで、ご飯でもパンにかけても旨かった。節約しながら暮らしていた私をずいぶん助けてくれた。

冬に入ったころ、いつものようにリュクサンブール公園で椅子に腰を掛けて日向ぼっこをしていると、品のよいおじいさんが近づいてきた。私がその椅子から立ち去ろうとすると、

「君！　君！　慌てないでいいよ」

と片言の日本語で話しかけてくるではないか。何事かと思っていると、

「私は以前、MMライン郵船の極東支配人をしていて、横浜に数年住んでいたことがあります。あなたが日本人と思い、懐かしくて近づいたのですよ。私はミオリスという者です」

と言うのである。

MMライン郵船は、横浜とマルセイユ間を結んでいる船会社であり、私はフランスに来る

ときに、航路も一つの案として検討したことを思い出す。彼はこう続けた。

「私は南仏のエクス＝アン＝プロヴァンスに住んでいます。唐突ですが、もし君さえよければ南仏に来て、私の手伝いをしてもらえませんか？　ご覧の通り、私は片腕を戦争で失くし、一人住まいが長いのですが、私の家に来て、家事手伝いをしてくれないでしょうか？」

私がコックだとは知らずに言っているのだ。

「私はしばらくパリに滞在しているので、よければホテルのほうへ連絡をしてほしい」

と、ホテルの住所を書いた紙を手渡される。即答は避け、のちほど連絡することにした。


私は何とかして南仏料理を勉強してみたかったので、南仏に行けるという話は一石二鳥であった。そこでシゲハラさんにこの一件を話してみると、

「それじゃあ、僕も一緒に行こうか」と言う。一人より、二人で行けば恐くない。

この間に、見えない糸で結ばれていた相棒のウマは、念願かなって南仏のレ・ボー・ド・プロヴァンスにある三ツ星の「レスラント・レ・ボーマニエール」での職が見つかり、私たちより一足先に南下していったのだ。実は私もそのレストランで働きたいと思っていたのだが、彼に先を越されてしまった。岩の上に建つ有名なホテルである。彼の幸運を祈る。


一週間後、ミオリス氏に会いに行き、南仏行きを伝える。

「ほほう、友人と一緒に来てくれるのですか。条件として、語学学校の学費と小遣い二〇〇フランを差し上げるが、それでいかがですか？」

わずか二〇〇フランですぞ。普通なら生活費としては足りないが、まあ住むところはあるし、これで手を打とうということになる。そうして、私はハウスキーパーとして雇われることになった。

フランスに着いた時から、私は南仏に心惹かれていた。パリには誰でも知っている料理がたくさんある。しかし当時は情報が少なく、地方、とりわけ南仏の料理がどんなものかわからなかったのである。地方のホテルにも手紙を書いてあたっていたが、たまたま返事が来たのがパリからだったのでまずパリに上京したのだ。おそらくウマも同じ考えだったのだろう。

南仏エクス＝アン＝プロヴァンスでハウスキーパーとなる

いよいよパリを去る時が来た。シゲハラさんと一緒にリヨン駅に向かう。夜行列車でマルセイユには、翌朝八時ごろに到着する予定だ。

南仏の商業都市マルセイユは、フランスの三大都市の一つで港町である。ここで乗り換え、エクス＝アン＝プロヴァンス行きの汽車に乗る。

エクス＝アン＝プロヴァンス駅には、ミオリス氏が出迎えてくれた。ミオリス氏は、八〇歳の老人である。久しぶりの再会に、お互いに抱擁する。駅から徒歩一五分程度のところにミオリス氏の家があった。ここでこれから我々の新生活が始まるのだ。

裏庭にまわると、なんと柿の木があるではないか。まさかフランスに柿があるとは思ってもいなかったので少々懐かしくなり、実を一口齧ってみると、なんとこれが渋柿もいいところ「大渋柿」であった。のちに、この南仏には柿の木が意外に多いことを知ることになる。

このほかにはクスノキ、レモンの木などもある。大きな庭ではないが、彼一人なら充分な広さであろう。

エクス＝アン＝プロヴァンスは学生の街として知られ、諸外国から学生がやってきていた。じい様に誘われ、私たちも学生の一人として入学の手続きを取る。入学と言っても、私はフランス語についていくのはかなり難しいので、ただ授業に参加するのみであった。しかし、授業に出ればたくさんの学生たちと知り合う機会が持てる。

東南アジア系の人たちはみな奨学金を受けてやってきており、大学の宿舎に入っていた。宿舎の家賃は月七〇フランである。奨学生たちは月に五〇〇フランほどの奨学金をもらっているそうで、裕福な暮らしをしていた。タイの女性などは、本国の家族に仕送りをしていたほどである。日本人はもっとたくさんの奨学金を国からもらっているという話であった。

学校から帰れば、シゲハラさんと一緒に庭の手入れから部屋の掃除、そしてじい様の食事作りとハウスキーパーの仕事が待っている。しかも超一流（将来！）のコックを抱えているのですぞ。文句を言ったら罰が当たるのは老人の方である。

夕食は老人が自分の好きなものを買ってきて、

「これを作ってくれ」

と注文する。しかし、私たちの食料品は一切買ってくれないのだ。冷蔵庫の中は何もない。何てケチな老人だ。

そのうち、私たちは知り合った学生に紹介してもらって大学の学食を利用できるようになった。そこなら一・五フランで腹いっぱい食べられる。フランスパンは食べ放題。そこで夕食の分も腹に納めておくのだ。

我々に給料といえるものはないが、二〇〇フランの小遣いの中で一カ月の生活をしなければならないのだから、この学食を利用できて大いに助かるのだった。

まあ、四の五の言わず南仏の生活を楽しもう。

やがて年が明け、今日は正月元旦だ。じい様はパリに行っているので、この家には我々二人だけ。そこである計画を思いつく。この町で知り合った日本人に声をかけ、この家で一杯飲むことにした。皆さんそれぞれが適当に食べ物を持ち寄ったので、なんとか正月らしい雰囲気となる。ギターを弾けるシゲハラさんがこの場の雰囲気を盛り上げる。

そのメンバーの中の一人、モロッコ大使の息子のマコト君から、「近々スペイン旅行をしようと思っているのだけれど、池田さんも一緒にいかがですか？」と話を持ちかけられる。「ぜひ同行したいので、よろしく頼みます」と快諾する。マコト君をリーダーに、同行者はタイ女性のチュイさん、美恵さん、中国人の陳さん、そして私の五人である。シゲハラさんは家でじい様の帰りを待つことになった。マコト君の愛車プジョー405で行くことにした。五人乗りでは少々狭いが、旅はとても楽しみであった。

一九六九年一月一五日、朝早くエクス＝アン＝サンプロヴァンスを発つ。マコト君以外は誰一人運転できる者がいない。マコト君だけが頼みの一〇日間の旅である。

地中海に沿って走る、走る。目指すのはスペインだ。ペルピニャンの街を通過し、いよいよスペインとの国境である。税関はないに等しく、すんなりと通過する。バルセロナに到着。バルセロナで一泊後、翌日一番にグラナダまで行こうということになる。私にとっては初めての土地なので、どこへ行くのも楽しみだった。

グラナダに着く。ここはかの有名なアルハンブラ宮殿がある町だ。スペインは物価が安く、食事も低料金なので旅行者にとっては大助かりである。

あるレストランでパエリャ（炊き込みご飯）を注文したが、味の方はいまいちであった。まあ、こんなものかもしれない。しかし、旅をしていると食べ物だけが楽しみである。

グラナダには二泊したが、あっと驚く料理に出会うことはなかった。ガスパチョスープ（トマトベースの冷製スープ）も試してみたが、感激するにはほど遠い味だった。

セビリアで闘牛を見る

次はセビリアに行く。スペインの最南端に近く、かなり古い町である。

我々が到着した翌日に闘牛があるというので、見物に出掛けることにする。闘牛場内は人だかりで、さすがにスペインの国技といわれるだけのことはあり人気の高さがうかがわれる。この日は七頭の牛があの世に召されたのだ。

「出て来たぞ！　出て来たぞ！」

場内の歓声と騒音の中を現れた牛はかなりの大きさで、真っ赤に染まった怒りに燃えたような顔つきである。それもそのはず、牛の背中にはすでに小さな矢が数本刺さっているではないか。

出場する前の牛を弱らせるために矢を刺すのか、あるいは怒り狂わせるために刺すのか。まあ、両方の意味があると思う。

もっともこの小さい矢だけでは、牛にとっては蚊に刺されたくらいのものだろう。おそらく、血を牛に見せて興奮を高めるためなのだ。

まず闘牛士の前座の歩兵隊（将来は闘牛士を目指している）が登場し、牛の背に次から次へと矢を刺して牛を弱らせていく。当然ながら、歩兵隊も真剣である。なぜなら、一つ間違えば自分があの世に召されてしまうのだから。

歩兵隊は両手に矢を持ち、牛が向かってくるところをヒラリヒラリと身を躱し、隙を見て牛の背に二本の矢を刺しこむ。これを繰り返していくと、牛は次第に出血を増していく。しかし、それにも関わらず、牛は歩兵隊に突進する。

牛としては一人でも多くの歩兵隊を角で刺したいところであろうが、そうはいかぬのだ。やがて頃合いを見計らって歩兵隊が退場。次に出場してきたのは、馬に鎧をかぶせて騎乗した将軍が三人交代で長い槍を持ち、場内を疾走し始めると、牛は怒り狂ってそれを追う。牛の攻撃をヒラリヒラリとかわし、隙を見て牛の首をめがけて太い槍をブスリと刺すと、血がドバーッと天高く舞い踊るのだ。これが血しぶきというものか。

観客は大喜びである。

なんと残酷なことか。やがて二番目の将軍にバトンタッチ、そして三番目の将軍へと引き継がれ、太い槍で刺された牛は次第に弱っていく。ダメージを受けた牛は、最初のころのような猛ダッシュする力は残っていない。

「よくもわしを馬鹿にして、三本の矢を突き刺したな。今に見ておれ、お前たちもあの世に送ってやるから覚悟しておけよ」

と言わんばかりのものすごい形相で将軍に向かっていく。だが、将軍は馬を自由自在に操って牛をかなり弱らせたあと、いよいよお待ちかねの闘牛士の出番である。

いよいよ闘牛のクライマックスが始まろうとしているのだ。

闘牛士はびくりともせず、剣を高々と上げて牛が向かって来るのを待つ。闘牛士は牛が自分の脇に来るその寸前まで待って、それをヒラリヒラリとかわす。これは、やはり芸術といえるだろう。しかし、それは生死を境にした境界線でもあるのだ。

一つ間違えば、牛の角に刺され、重傷を負うことになる。あるいは運が悪ければあの世に召されてしまうのだ。

闘牛士は、いつ自分の剣を刺そうかと虎視眈々と狙う。闘牛士は牛から逃げてはいけないのだ。そんなことをしたら、闘牛場の観衆は、手に持っているものを何でも闘牛士に投げつける。そしてブーイングが起こる。

「ヘボ闘牛士、我々は金を払ってお前さんの技を見に来ているのだ。金を払い戻せ。そしてお前さんは、さっさとこの闘牛場から消えな。もっと練習を重ねてから、この闘牛場に戻ってこいや」

ヘボ闘牛士はボロクソに言われるのだ。

五頭目の牛に向かった若い闘牛士は、刺し方が悪く、ついに牛に突き飛ばされてしまったではないか。すると闘牛士に向かって座布団やらなにやら、いろんな物が投げ込まれ、

「おい、ヘボ闘牛士のホセ、早く帰って傷の手当てでもしろや」

と場内は怒声の嵐である。

少し離れたところで、大量の血を流しながら牛はホセを見ている。

「どうだ、わしの力はすごいだろう。観衆を魅了したぞ。早く帰って傷の手当てを受けな」

と牛に同情されたのではないだろうか。

ホセは担架で運ばれ、不名誉のレッテルを貼られて退場するのだ。誰も彼に同情する者はいない。闘牛技が彼の仕事である以上、一発で牛を仕留めなければ、闘牛士としての彼の看板を下ろさなければならない。

闘牛士が飛ばされると、場内に待機していた前座の歩兵隊たちがいっせいに飛び出してきて、牛の怒りを他に向けようとする。その間に重傷を負った闘牛士は、病院に運ばれるのだ。

「ああ〜、これでわしの闘牛士としての職を失うことになるなぁ」

病院のベッドでため息をつくであろうかわいそうなホセ。

「みなさん、このホセにもう一度チャンスを与えてやってくださいな」

と思うのは、私一人であろうか。

七頭の牛があの世に召されたのちは、町の肉屋に払い下げられて肉が店頭に並ぶという。その牛の肉の味はどんなものであろうか。闘牛を見た後は、牛肉を食べる気がしなかった。

セビリアを後にジブラルタル海峡に向かう。このジブラルタルは地中海への出入り口であり、ヨーロッパとアフリカを結ぶ最短距離の場所でもある。天気のいい日には、アフリカ大陸の隅であるモロッコが見えるという。あいにくこの日は曇り空だったため、モロッコを遠望することはできなかった。そのときは数年後にモロッコを訪れるとは、思いもよらなかった。

ジブラルタルからポルトガルの国境を車で走り、マドリードへ向かう。マドリードで一泊して、今日はいよいよ最後の旅、スペインとフランスを跨るピレネー山脈を越えるのだ。

ピレネー山脈は厚い大雪に覆われ、寒さも増してきたが、愛車には暖房がついていないのだ。その代わり、私の両隣には「生の暖房」である女性が座っていたので、少々暖を取ることができた。お姉さん方には感謝である。

久しぶりに見る大雪であった。一週間の楽しかったスペイン旅行も終わり、懐かしいエクス＝アン＝プロヴァンスに帰るのだった。

ミオリス宅に戻ると、シゲハラさんが首を長くして待っていた。

「じい様と二人だけの生活は楽しいものではないなぁ。君が戻ってきてくれて、ほっとしたよ」

留学生が各国料理を披露する「アジアのソワレ（祭典）」

「『アジアのソワレ（祭典）』をやろうではないか」

ある日、ベトナム人のリーダー格のデュックから、こんな話を持ちかけられた。

私たちは時々アジア人だけで集まって食事を作ったり、招待されたりしていた。その中にはジャクリーヌも含まれている。ジャクリーヌは人形のようにかわいいベトナム人の女性である。

この「アジアのソワレ（アジアの祭典）」に参加する国は、南ベトナム（当時）、カンボジア、ラオス、タイ、韓国、インドネシア、フィリピン、マレーシア、シンガポール、インド、中国、そして日本の私たちである。これら各国の参加者が料理の腕を競うのだ。

この顔ぶれなら、盛大なパーティを催すことができるのではないか。お客には、仲の良いフランス人たちを中心に集まってもらうことになった。

デュックは北ベトナムからパスポートを持たずに来て、一〇年もフランスに住んでいるという。ジャックリーヌは南ベトナムから家族で移住していた。私はジャクリーヌの家に招待されて、両親と会ったりして交流していた。ただ通常は、奨学生たちは期間が終わると国に帰っていった。

大学の講堂を借り、仮の屋台を各国で作り、そして各国の料理を作ろうという大イベント

「交換料理」である。一〇〇人以上の参加者が集まり、賑やかな一夜となる。デュックが講堂を借りるよう、話術を駆使して交渉してくれたのである。

日本人の私たちが出した料理は、定番の寿司とてんぷら、その他の山の幸を少々。この日、韓国にも寿司があることを知った。

「マサオ、このお寿司美味しいわ。今度私にも作り方を教えてちょうだい」

とジャクリーヌから申し出を受ける。

「ウィ、ウィ、ジャクリーヌ、おれに任せてくれ」

と何度も彼女を見る。かわいいなぁ、ほんとうに人形のようだ。フランス語がおぼつかないために、彼女と私の間では今だに会話が成立しないのは何と悲しいことか。

パーティもたけなわである。ジャクリーヌが私のところに来て、

「マサオ、私と踊りましょうよ」

とダンスフロアに誘う。彼女を腕の中にひしと抱きしめたい衝動にかられるのだ。近くにいたもう一人のベトナム女性シャンタルが声を掛けてくる。

「マサオ、今度は私と踊ってよ」

彼女も美人だが、なんとなく冷たい感じのする女性なので、私はなるべく避けていたのだが、この日は運が悪く、しかも無礼講なので、相手の申し出を断ってはいけない。

もっともダンスといってもこの町に来てから始めたので、他人から見たら「何ダンスか」と不思議がられるだろう。

私は各国の屋台を回って、それらの料理に舌鼓をうつのだった。

韓国の寿司は、日本の寿司とあまり変わらない。黙っていれば分からないだろう。ベトナムの春巻きも心に残るものであった。いろいろな屋台の料理を食べ回っていて、私が感じたのは、

「さまざまな国の料理を、自分の料理に取り込んでいいのだ」

ということであった。当時は、まだフュージョン料理という言葉はなかった時代である。

この時の「アジアのソワレ」が、その後の私の料理に対する姿勢を変えるきっかけとなった。私はフランス料理を目指すコックだが、この夜でその考えが吹っ飛んでしまった。私は将来、各国の料理を取り入れたフュージョン料理を作ることに興味を抱いた。「アジアのソワレ」を企画してくれたデュックに感謝する。

南仏の優雅な昼食会を楽しむ

エクス＝アン＝プロヴァンスは、画家のポール・セザンヌが生まれた町として知られる。彼がよく描いたサント・ヴィクトワール山が近くにあり、アジア人のグループでそこに登る

ことになった。サント・ヴィクトワール山は標高一〇一一メートルと、さほど高い山ではなく、ちょうどいいハイキングコースである。

山すそにはピカソのヴォーヴナルグ城があるというし、流行した「デュランス川の流れのように」の歌詞となったデュランス川が流れている。その麓のル・トロネでは毎年八月に音楽祭が行われ、多くの人が集まってくるという。

この付近にはいたるところにラベンダーの花が咲き乱れ、とてもよい香りがする。

この町に仏文学を勉強しに来ていた明治大学の助教授夫妻が、カドリーブという炭鉱の村に転居していったので、日本人数人で二人を訪れることにする。カドリーブはエクス＝アン＝プロヴァンスから二〇キロメートルほど離れているところにあった。

夫妻がすんでいる家の大家は、ムッシュ・ルイという。彼の奥さんは結婚当時料理が下手だったので、彼が料理本をプレゼントしたところ、奥さんの料理の腕が開花し、めきめき上達したという。そして、今では村一番の料理長となってしまった。村で行事があると、必ず彼女が呼ばれ、大いに腕を振るっていた。

炭鉱の村で楽しみが少なく、鉱区から出ると、まずは数少ないバーに直行して必ずアブサン酒を飲むという。アブサン酒はアルコール度数が高く、七〇パーセントから低くても四〇パーセントほどもある。水で割って飲むのだが、水を加えると牛乳のように白くなる魔法の飲み物である。

炭鉱の暗い場所から太陽のもとに出たときには、この酒を飲むとホッとするそうである。「今日も一日、無事生きながらえた」という祝い酒でもあるという。

この助教授の家にはガスの設備はなく、石炭を使って料理するのだ。この村ではガスを使っている家は少ないという。フランスの地方には、このような村が散在しているという。花の都パリとはかけ離れた生活である。

ルイの奥さんの話では、この付近でエスカルゴが獲れるという。獲ったエスカルゴは約一カ月間暗いところに置いておくと、砂を吐き出してきれいな体になる。その後、白ワインと香料を入れ、三時間ほどゆっくり煮る。その後、好みの料理にするのだという。このあたりは香草の宝庫でもあった。

助教授の裏庭で、長テーブルを囲んで昼食をいただく。夫妻を囲んで一〇人ほどであり、それぞれ持参した料理をテーブルに並べ、久しぶりに日本人だけの昼食会となる。

私も何か手伝おうとしたのだが、

「いやいや、今日はお客さんですから、ゆっくりしていってくださいよ」と助教授に言われ、お言葉に甘えることにする。炭鉱の村のため、観光客が訪れることもないという。ラベンダーの花に囲まれ、「これが南仏らしい生活なんだなぁ」と感慨に浸る。

エクス＝アン＝プロヴァンスの人々との別れ

とうとうエクス＝アン＝プロヴァンスを去る時がやってきた。

ある日、ミオリス老人に呼び止められた。

「マサオ、トゥーロン市に知り合いがいるので、その町のホテルのレストランの仕事を紹介してもらおうか」

「ぜひ、頼みます」

私は即答した。トゥーロン市は、マルセイユからニース方向に列車で一時間半ほどの港町である。これでやっとコックとしての修業が始まるのだ。


老人の知り合いとは、元フランス海軍大将のフィリップ氏である。フィリップ氏の友人が経営しているという、ホテル・ラ・トゥール・ブランシュを紹介される。ホテル・トゥール・ブランジュは、トゥーロン市から少し離れたモンブランという小高い丘の山腹にあった。

四月から働くことになったので、エクサンプロヴァンスにいるのもわずかとなった。一緒に生活していたシゲハラさんは、またパリに戻るという。老人と暮らすのはもういいや、ということであろうか。その旨をアジア人のグループに伝えると、各国の皆で私とシゲハラさんの送別会を開いてくれた。

住み込みで子どもたちのお世話をしながら語学留学しているオペルの皆さんは、全員が本国に帰るとのことだった。クリスティーヌはスチュワーデスになり、ハンスは学校の先生になるという。日本人の美恵さんとミチコさんは残留組となるが、他の人たちはまだ決めかねているようだ。人形のようにかわいいジャクリーヌともこれでお別れかと思うと少し淋しい。

その後、美恵子さんとミチコさんはパリに向かったということであった。

「マサオ、淋しくなったら会いに来たらいいわよ。私の両親の家に泊まればいいわよ」とジャクリーヌが言ってくれる。その言葉に私はホロリとする。

こんなに親切にしてくれるジャクリーヌに、私は「また必ず会いに来るから」と誓うのだった。

桜の咲くころ、私はミオリス老人に連れられ、トゥーロン市に向かう。トゥーロンに着けば、日本語を話す機会はなくなる。次に皆に会う時にはもう少しフランス語が話せるように努力するから、待っていてほしいと願う。

第二章

ヨーロッパの風に吹かれて料理修行

（1969年12月〜1977年5月）

トゥーロンのホテルでコックのスタートを切る

マルセイユ駅でニース行きの列車に乗り換え、地中海に沿って進む。これから先のことに、不安と希望を胸に抱く。

トゥーロン駅に到着する。駅からタクシーでホテル・ラ・トゥール・ブランシュに着くと、パトロンのムッシュ・ユーゴ氏が出迎えてくれる。元海軍大将のフィリップ氏も、

「よく来ましたね。これからトゥーロンの生活を楽しんでください。そして落ち着いたら私の家に遊びに来なさいよ。ここから山頂に向かって歩いて五分とかかりませんからね」

と声を掛けてくれる。

それからレストランのスタッフの役職を紹介されるが、一度に名前を覚えきれない。

トップはシェフ、スー・シェフ（二番手）のアンドレ、それにコミとアプランティサージュ。コミは部門シェフの下で働く見習い。アプランティサージュとは、ホテルで見習いとして働きながら料理学校に通い、その間給料は出ないが、ゆくゆく独り立ちしていくというフランスのシステムである。三年後には、腕のいい者は第一コミ、第二コミに昇格していき、働き場所は自分で選べるのだ。これはほかの職種にも当てはまる。

小さいながらもホテルの別館の一室を借り、いよいよコックとしてのスタートを切る。このホテルのシェフには、よく可愛がってもらい、彼の家にも時々招待された。

フランス語はちっとも上達しないが、別に苦にはならなかった。キッチンにいる限り、フランス料理用語は理解できたからである。

南仏は気候のせいか塩分の摂取が多いようだ。このホテルだけがそうなのかもしれないが、料理全般に塩がきついと感じる。

「これが南仏の味なのか」と少々疑問に思う。しかも、このホテルの料理には繊細さが欠けていたし、どんぶり勘定の料理であった。

ホテルの裏山に行くと、なんと各種のハーブが自然に生息しているではないか。タイムを筆頭にローズマリー、セージ、フヌィーユ、オレガノなどなどが育っている。シェフがハーブが必要なときには、

「おーい、マサオ、ちょっとタイムを採ってきてくれや」

「ウィ、ムッシュー」

と言って、裏山に登ってタイムを摘んでくる。買う必要はないのだ。

スー・シェフの話を聞いてアフリカ行きを熱望

このホテルに来たお蔭で、「私は将来アフリカへ行くのだ」という気持ちにとらわれることになるのだ。これは、それまで予想もしないことだった。これが人生の邂逅というものであろうか。

それはある日、スー・シェフのアンドレがアフリカの生活を語ってくれたことによるものだった。アンドレは、西アフリカのガボン共和国で二年間働いたのだという。ガボン共和国は、赤道直下にある日本の面積の三分の二ほどの小さな国である。

フランスの保護領であったが、一九六〇年八月に独立。国土の八〇パーセント以上が森林で人口密度が低く、石油などの資源が豊富なため、アフリカの中では国民は裕福な部類といえよう。かの有名なアルベルト・シュヴァイツァー博士が医療活動を行っていたところでもある。

それ以来、私はアフリカに一度行ってみたいと熱望するようになった。私はフランスに来たばかりだというのに、早くも気持ちはアフリカに飛んで行ったのだった。

このホテルでは、私はコミとして働いていたので何でもやった。客人という待遇はまったくなかった。野菜などを保管している倉庫は、ホテルからかなり下の方にあった。

「おい、マサオ、お前は空手をやっていて強そうだから、このポテトのふくろを頼むよ」

「よし、任せてくれ」

と引き受けるが、下から三〇キログラム入りの袋を階段を上ってキッチンまで運ぶのはとてもきつかった。運んでいる途中、次第に背中に痛みが走ってくる。

「俺自身の体重は五六キロなんだぞ!」

モナコ公妃グレース・ケリーの事故死

モナコにあるホテル・ド・パリで働いていたウマから久しぶりに連絡があった。

「池やん、モナコに来いよ」

という招待を受け、休日を利用して列車で二時間ほどのモナコへ向かう。風光明媚な海岸コート・ダジュールに沿って、カンヌ、ニースを経てモナコに到着。

いつの間にかモナコに入国したのだが、列車内に税関吏はいない。記念にパスポートにスタンプを押してもらいたかったのだが、まあ「自由に入国しなさいよ」ということであろうか。

モナコは近いので、ウマに会ったら夕方の列車でトゥーロンに戻るつもりだったのだが、思いがけないハプニングが起こったのだ。

モナコ王宮の前のカフェテリアでウマと再会をする。ビールで乾杯！　うれしさのあまり一杯が二杯となり、三杯となり、いつの間にか酔ってしまったのだ。ウマも同じであったとは、翌朝知った。

ひどい頭痛で目が覚めると、目の前に鉄格子があるではないか。泥酔した私たちを、王宮のポリスが警察に連行したのだった。まさか鉄格子のなかで無料で一泊するとは、と自責の念に駆られる。

鉄格子の外から、ポリスに呼ばれる。

「おい、お前たちはゆっくり寝たか？　二人とも外に出てきて、この始末書にサインしなさい」

二人で重い頭を持ち上げ、しょんぼりと始末書にサインするが、何と書かれているかわからない。もしかしたら、「当国に入国したら、二度とアルコールは口にするな」と書かれていたのかもしれない。

トゥーロンに戻り、こっそり自室に入ろうとしたところをシェフに見つかってしまった。

「マサオ、どうしたのだ！」

一瞬、ギクリとする。

「実はモナコに行って久しぶりに友人と会ってきたが、太陽にあたりすぎて頭が痛くて仕方ないので、今日は休ませてください」

と懇願する。猛烈な二日酔いなのだ。

「お前さんもなぁー。嘘をつくときにはもう少しうまい口実を設けろよな。そりゃあ、酒の飲みすぎなんて言えないからなぁ」

と看破されてしまう。

「シェフ、ごめんなさい。もう二度と酒は飲んでも、酒に飲まれないようにしますから」

それでこの一件は落着。

その後、二度ほどモナコに行った。その間の一九八二年九月には、モナコ大公レーニエ三世と結婚したアメリカの女優だったグレース・ケリー妃が交通事故で亡くなるという、ショッキングなニュースが流れた。

五〇軒のレストランに手紙で就職交渉

このホテルでラタトゥーユとブイヤベースに初めてお目にかかる。これは南仏特有の料理である。ブイヤベースの作り方を見ていると、なんとなくちゃんこ鍋のような作り方である。これがかの有名なブイヤベースなのかと少々がっかりする。私にとっては少々塩味が強すぎるのだが、南仏の人たちにはちょうどよいのだろうか、と首をかしげたくなる。彼らは味音痴なんじゃないかと、失礼ながら疑問がわく。これがかの有名なフランス料理なのか、と。

数カ月も過ぎたころ、このホテルにいてもあまり勉強にならないと思い、国内の有名なレストランあてに五〇通以上の手紙を送って職を探した。手紙を書くのはいいが、受け取った店のほうは「何だ、この手紙は。まるで小学生が書いたようなものではないか」と思ったことだろう。

数週間後、一〇通の返事が届いたので、胸をワクワクさせながら開く。辞書を片手に訳すのだ。

私が一番行きたかったのは、コックの間では神さま級といわれた、ヴィエンヌにあるレストランのラ・ピラミッドである。ラ・ピラミッドはミシュランガイドの三つ星を守り続けたレストランで、辻調理師専門学校を開校した辻静雄が料理を学んだことでも知られる。今は亡きオーナー・シェフのムッシュ・フェルナン・ポワンの跡を継いだマダム・ポワンから返事が届いたのだ。開封するまで胸がドキドキ。

「俺にチャンスが来るように」

と祈りながら開封すると、

「貴方の手紙を受け取りましたが、残念なことに現在は空席がありません。空き次第連絡しますので、少しの間お待ちください」

という親切な内容の手紙であった。

その後、ポール・ボキューズ、トロワグロ、アラン・シャペルと残念な手紙が続く。そして最後に手紙が届いたのが、パリのラセールからで、

「来年の一月にポストが空くので来なさい」

というものだった。ラセールに行くことに決める。

せっかく南仏にやってきたのに、またパリに戻ることをシェフに相談する。

「マサオ、いい話ではないか。今、パリで最高のレストランだから、いろいろ勉強したらいいよ。お前さんがいなくなると私は淋しくなるが、これも人生だよ。もしトゥーロンに再び来ることがあれば、我が家にくれば泊まるところは心配しなくていいからな」

シェフの親切な言葉を忘れることはないだろう。

フランスの珍味フォアグラの虜になる

列車に乗ってトゥーロンをあとにし、久しぶりにパリに戻るのだ。以前住んでいたエトワールのアパートに潜り込み、理容師の吉田太郎君と新しい彼の相棒T君に世話になる。

翌日、ラセールの店に行き挨拶をする。一月一日から出勤することになる。

一九七〇年一月一日、ラセールで仕事を開始。当時は飛ぶ鳥を落とす勢いのラセールだったが、仕事はなぜかすっきりしないものがあった。

この店にはすでに三人の日本人が働いていて、そのうちの一人が帰国したため、私にお鉢が回ってきたのだ。とにかく非常に忙しい店であり、半年以上前から予約しないと席が取れないという状況だった。店はパリ八区にある巨大な美術館グラン・パレの目の前にあり、私は毎日シャンゼリゼ通りを歩いて通勤した。

パリのレストランで唯一、ここだけ天井が開く。天気のいい日は星空が眺められる、というのがこの店のキャッチフレーズとなっていた。

午前八時三〇分には、もうキッチンはスタンバイに入る。コックはシェフを入れて総勢二三人で、その中には見習いも数人含まれている。私のポジションはガルド・マンジェであり、ほとんどの料理の支度をする仕事である。午前中は休む暇もなく忙しい部署であった。

調理場は狭く、尻と尻がぶつかり合っての仕事。そこには、ソテーをするソーシエ、魚料理をするポワソニエ、炙り肉や煮込みを作るロティシエールとが一列に並んでいる。パティシエだけは、部屋が別になっている。

そこで私は初めてフォアグラと対面する。当時はパリといえどもフォアグラを扱っている店は六軒しかなく、高級食材というイメージであった。

フォアグラは、まず開いてからピンセットで血管を抜き、コニャックとマデラ酒に二昼夜浸しておく。フォアグラはシェフしか扱うことができず、彼がどんなスパイスを使ってマリネしているのかは極秘であった。

二日後、フォアグラを冷蔵庫から取り出し、オーブンで約五〇分ほど蒸す。オーブンから取り出すと、アルコールをまとったとてもよい香りがするのだ。そのアルコールとともに冷ましてから、再び冷蔵庫で寝かせ、三~四日そのままにしておく。するとアルコールの香りが十分に浸透していく。これが世界三大珍味の一つである。「美味い」の一言。

ある時、私だけがフォアグラの味見をさせてもらった。

「こんなにも美味いものがこの世の中にあるのか」

と感激し、それ以来フォアグラの虜になる。フォアグラは珍味というよりも、これが当時のフランスでの最高の料理ではなかったかと思えるほどである。私はどんな料理よりも、このフォアグラに魅了されたのだ。フランスに来てよかったなぁ~。

フランスに来てよかったと思えたのは、他にもある。以前話した新クロワッサンと出会ったことと、フランスの生クリームを知ったことだった。これは日本で使っていた生クリームとは雲泥の差があり、日本にいては味わうことはできなかっただろう。この生クリームがあれば、小麦粉を使わなくても煮詰めていくだけでトロリとしたソースができあがるのだ。

キッチンでの重要部門はソーシエであったが、ガルド・マンジェの次はこのソーシエに回され、各種のソース作りを学ぶ。ソース類を漉す時、日本では布で絞っていたが、ラセールでは漉《こ》し器を使っていた。布を使う際には、二人の人間が必要だが、漉し器なら一人で簡単に行うことができた。ただ漉し器では、ソースの粒が大きく残ってしまう。フランス料理は繊細だと思っていたのだが、実はそうでもないようだった。

鍋類はすべてアルミではなく、銅製だった。このほうがアルミ臭さが出ないという。フランスでも、銅製の鍋類を使っているレストランは少なかったのではないかと思う。

スーシエのシェフのデュマに、

「マサオ、付け合わせの野菜を切ってこい」

といわれ、二〇分ほどたって彼のところに野菜を持って行ったところ、捨てられてしまった。

「なんだこの切り方は！　こんなもの客に出せると思っているのか？　もう一度やり直して持ってこい。我々はプロなんだから野菜を切るにしても同じサイズにそろえてから持ってこい」

と怒鳴られることもしばしばだった。

不器用な私では致し方がない。シェフの言うことが正しいのだ。ただ、このデュマ氏はアル中の気があり、仕事中はいつも理由なく怒っている。なぜ怒られているのかわからないこともあった。酒を飲みすぎなければいいおじさんなんだが……。ポワソニエやロティシエールのシェフたちより、日本人のシェフのほうがいい仕事をしているなぁ、と思うこともあった。

ラセールでは、ガーリックやトマト、オリーブオイルをほとんど使うことがなかった。これがパリの食生活なのかと思う。パリは世界の社交場なので、においの強い食材は避けるのだ。毎日二〇〇人近くの客の料理を作るが、私がこの店にいる間、文句を言う客は皆無だった。私は早くも南仏の生活が恋しくなってきた。ガーリックやトマト、オリーブオイルをふんだんに使う生活のほうが楽しいなぁ。その代わり、南仏ではバターを使うことはほとんどなかった。

ラセールは何年もの間、三ツ星を維持し続けた。私がラセールを一年で辞めるといった時、店のオーナーから、

「お前はなぜ辞めるのか。この店はパリで最高のレストランといわれているのだぞ。お前は、もっと勉強しようという意思はないのか?」

と言われた。しかし、私はこう答えた。

「後悔はしていません」

もっとも、私のフランス語がどの程度通じていたかは分からない。私はラセールを辞めてアフリカに行くと決めたのだ。他の日本人たちは、ラセールで働いた後は皆日本に帰っていっ

た。私は変わり者なのかもしれない。

私と同じ時期、ラセールでは高橋徳男さんが働いていた。彼は帰国してから有楽町のアピシウスというレストランの初代料理長となって一世を風靡した。その後、六本木にパマルという店を開いたと聞いた。のちに私が帰国してから店に行った時にはすでに亡くなっていて、再び会うことはできなかった。

ミチコさんに別れを告げ、アフリカのコンゴへ

エクス＝アン＝プロヴァンス滞在中に知り合ったミチコさんが、パリにやってきた。ミチコさんはソルボンヌ大学に入学するという。将来を約束されているようなものだ。

彼女とは時々デートをしたものだった。その日は、ソビエトからオーケストラがパリにやって来るというので、彼女を誘って郊外にある劇場に向かう。館内はほぼ満員であった。あまり音楽に興味のない私が劇場に足を運ぶとは、いったい何が起こったのか。

私が彼女を誘ったのに、演奏中に私が舟をこぎ始めたので、彼女に肘鉄をくらう。小声で、

「池田君、目を覚ましなさいよ。オーケストラの皆さんに失礼にあたるわよ」

と言われても、目は自動ドアのように閉じてしまうのだった。

ある日、N商社に勤めているT氏から、

「池やん、今晩お客が日本からやって来るが、一緒に食事をしよう。シャンゼリゼ通りに美味い中華料理店があるので、そこに行こうや」

と招待を受ける。その店で温厚な紳士を紹介される。

「この方はN鉱業の副社長のS氏です。コンゴ（コンゴ民主共和国）のルブンバシ市にある子会社コデミザに出張に行かれるのだよ」

S氏が、

「そういえば、子会社でコックを探していたが、もしあなたさえよければ来ていただけませんか？」

と言う。この話におおいに乗る気になったのは、いつかアフリカに行きたいという夢が実現するかもしれなかったからだ。

「もしあなたが引き受けてくれるなら、近々ルブンバシ市の事務員が一人来るので、彼と条件等を相談してください」

副社長のS氏は、翌日コンゴへ向かう。彼と入れ替わりに、事務所の人間がパリにやって来た。私のほうは、条件うんぬんより、アフリカに行くという希望が叶うのだから、即座にOKの返事をする。

アフリカの国々についての知識は「ゼロ」。知っているのは、物語の『少年ケニヤ』だけ

である。日本人の友人たちにこのことを告げると、

「池田！　またどうして『暗黒の大陸』に行くのだ。フランスで修業が終わったら、日本へ戻ってこいよ」

という意見が圧倒的であったが、私は日本に戻ることはまったく考えていなかった。

もちろん、実家にも連絡をする。

「正夫、そうか、遠いところに行ってしまうんだな。わしらには想像もできないアフリカ大陸だが、お前が選んだ道だ。どこに行っても元気で楽しい生活を送ることができれば、それが一番幸せではないのか。多くの人がお前のようにはいかない生活を送っているのだよ。もし実現できれば、お父さんとお母さんと二人で、お前さんを訪ねてアフリカという大陸を見聞してみたいが、まあアフリカに着いたらそちらの生の声を聞かせてもらいたいものだ」

親父さんはそう言って賛成してくれた。だが父はすでにこの時、余命いくばくもない病に侵されていたのだ。


ミチコさんにもコンゴ行きのことを伝える。

「そう、遠いところに行ってしまうのね。アフリカ大陸ってどんなところかしら。私も機会があればぜひ行ってみたいわ」

「あなたを追ってぜひ行きたいわ」とは、ミチコさんは言わなかった。二人の間はただそれ

だけであったのだ。

出発の前日、ミチコさんからお誘いがある。

「池田君、どこかで食事に招待したいのだけど、どこがいいかしら？」

「俺は中華がいいなぁ」

「じゃあ、そうしましょう」

その夜、彼女はとてもリラックスしていた。二人の間に何も起きなくて、これでよかったのだ。そして、翌日の便でコンゴに向かう。

「ミチコさん、さようなら。お元気で。パリよ、さようなら」

涼しい高地のルブンバシ市に到着

一九七〇年一二月末、いざ出発！　雪の降るパリの町から空港に向かう。空港には友人と、そのほかに日本人が六人いて、コンゴに向かう技師ということだった。そして私たちは、機上の人となる。

サハラ砂漠の上空を飛んだが、真夜中のため景色は見えない。「このサハラの光景をいつか太陽の下で見ることがあるだろうか」と思う。

五時間ほどして、飛行機はぐんぐんと降下していき、コンゴ民主共和国の首都キンシャサに到着する。機外に出ると、なんとも蒸し暑い風が我々に吹きつけるのだ。これほど蒸し暑い気候に出会ったのは初めてだ。待ち時間のため、ロビーへ向かう。エアコンがあるにもかかわらず機能していない。体中から汗が噴き出るなんてまるで嘘のような話であるが、現実なのだ。これがアフリカの第一印象である。

こんなことならアフリカに来るのではなかったと思ったが、時すでに遅し。あれほどまでに夢見たアフリカではないか。自分で選んだ道である。

空港での待ち時間を終え、飛行機を乗り換えて最終地ルブンバシ市に向かう。眼下を眺めると、そこには緑に囲まれた密林が果てしなく続いている。その中に数条の川が蛇行しながら流れているのだ。「これぞまさしく、蛇がくねくねとしている姿だ」と空の上から実感する。飛行時間二時間ほどでコンゴ民主共和国を横断。上カタンガ州ルブンバシ市の空港が見えてきた。滑走路は一本しかなく、周りは赤土である。これがコンゴ民主共和国第二の都市の姿である。

機外に出ると、キンシャサとは違い、何という清涼感のある涼しい気候であろうか。同じ国内でもこれほど違うものかと思う。

それもそのはずで、ルブンバシは標高一〇〇〇メートルに位置している。

「これほど気候のよいところなら数年暮らしてもいいな」

と、気持ちがころころと変わるのだった。

空港には炭鉱の職員の人たちが出迎えてくれていた。
「皆さん、ようこそルブンバシへ。遠路はるばるご苦労さんです。今晩は歓迎パーティをホテルで用意していますので楽しみにしていてください。明日は山奥の現場に向かいますから、今晩はゆっくりと休んでくださいよ。現場までは一〇〇キロメートル離れているのですから」
「山の中にはアルコールはないだろうから、今晩は飲み溜めをしておこうか」
と技師たちが口々に言う。

現場はザンビアとの国境の近くのエトアール・デュ・コンゴ銅山である。翌朝、一行六人はアルコール不足を含めたそれぞれの不安と興味を抱きつつ現場へと向かうのだった。私は彼らを見送ってから、しばらくは市内にある社のゲストハウスで働くことになる。ゲストハウスで働く新任のコックがやって来るまでの間である。やがて私も山の現場に送られるのだ。仕事は一年契約である。

ゲストハウスは、職員の食事場所と日本から要人が来た際の宿泊所にもなっていた。敷地は三エーカー（約三六〇〇坪）ほどあると思われた。

ゲストハウスの周りは色とりどりのブーゲンビリアが植えられ、ちょっとした花園の館であった。先に赴任してきた事務員によると、九月下旬にはジャカランダの紫色の花が咲き乱れ、とても美しいという。市内にはベルギー人が造ったビール工場があり、そこで作られるビールはとても旨いという。親方たちもきっと喜ぶことだろう。

内戦と混乱の続くコンゴ

ゲストハウスである出来事が起こった。

食堂で職員の皆さんが夕食をとっていると、突如銃を担いだ一〇人ほどの兵士が侵入してきたではないか。今にも発砲しそうな気配を見せる。談笑していた職員たちの顔が凍りつく。

隊長らしき者が、

「おい、わしらに何か食わせろ。お前さんたちだけが飯を食っているのはけしからん。不公平ではないか。わしらは職務上、町中を警護しているので、朝から今まで何も食っていない。そんな暇がないのだ。お前さんたちの身を守ってやっているのだぞ。ここを通りかかったら、すごく旨そうな匂いがしたので、この館に侵入したのだ。驚かせてすまないが、これ以上腹が減っては戦ができないのじゃあ。というわけで、腹の足しになるものを食わせてくれ」

彼らの顔を見ると、何となく殺気立っている。兵士たちに逆らうことはできない。

「分かった。今何か作るから待っていてほしい」

私はキッチンに戻り、肉の塊を焼いて提供した。すると彼らはたちまちその肉の塊を平らげてしまったのだ。朝から何も食べていないというのは、ほんとうのことのようだった。

「おい、そこのプティ・ジャポネ、面倒をかけたな。お蔭で腹の足しになったぞ。これからまた警護しに行くとするか。じゃあ、オールヴォワール！」

「バカヤロー！　さっさと消えてしまいな」

と毒づく職員。彼らが去った後、職員の人たちにも血の気が戻り、

「あー、びっくりしたなぁ。銃を担いで兵士たちが侵入してきた時には、ほんとうにどうなるかと思ったよ。ただ腹が減っていただけなんだよなぁ」

と爆笑するのだ。

しかし、彼らの要求をはねつければ我々の身に何が起こったかは想像がつく。戒厳令下ではないにしても、兵士たちが銃を担いで街中を警戒しているのだ。

「腹が減っては戦はできぬ」

と言うが、その矛先はどこに向けられるのだろうか。敵対する相手だけではない、ということである。それはこのカタンガ州が反モブツ派であるからだ。

当時はコンゴ動乱と呼ばれる混乱の最中にあった。これは一九六〇年に植民地支配を行っていたベルギーからコンゴ共和国（現在のコンゴ民主共和国）が独立したことに端を発している。独立後、主導権と部族間抗争により分裂の危機を迎えた。コンゴ人と人種を異にすると主張するカタンガ地域の人々は独立を画策。分離後に第二代大統領となったモブツがまとめるも、やがて彼の全体主義・民族主義的独裁政治に対する混乱が長引いていたのである。

このカタンガ州は鉱物資源が多いところであり、ダイヤモンド、コバルト、金、ウラン、銅などが採掘できる。そのためカタンガ州は独立したいという夢を抱いていたが、モブツ政権はこの土地がのどから手が出るほど欲しいので、独立することは認めなかった。そのために幾多の内戦があり、ルブンバシ大学の壁には砲弾の跡が残っている。

一九六一年、コンゴ動乱の調停に乗り出したハマーショルド元国連事務総長が乗った飛行機が撃墜され、一命を落とした。その現場に立ち寄ってみたが、付近の大木には砲弾の跡が残り、記念としてそのまま放置されていた。

このような経緯はあるが、私が行った時は以前ほどの危険はないと感じていた。しかし、いまだに現政権への反発は強いのだ。大統領の暗殺を企てる者がいつ現れてもおかしくない情勢である。

カッパーベルトは、コンゴからザンビアにかけての銅の世界的産地である。その土地で、日本の鉱山会社が銅を掘り出し、コンゴ唯一の港町マタディから南アフリカの喜望峰経由で日本まで運搬するという。三〇年計画として進めているのだ。マタディの海岸は三〇キロメートルに満たないほどである。

看護師の美瑞子《みずこ》さんとの出会い

一九七一年二月末のことである。ある日、事務員の一人に呼び止められた。

「池田さん、朗報が入りましたよ。一週間後にやっと二人の看護師さんがやって来ることになったんです。楽しみにしていてくださいよ」

私のタイプの看護師さんだといいなぁ、と夢を馳せる。

いよいよ二人の看護師さんがやって来る日となった。ゲストハウスに到着したのは美瑞子さんと優子さん。

「よくやって来ましたね。長旅で大変だったでしょう。お二人のご両親は心配しているでしょう」

私がねぎらうと、美瑞子さんはこう答えるのだ。

「ええ、かなり心配していましたね。でも私がこうしてこのアフリカの地に足を踏み込めたのは、私自身の希望によるものなんです。だから、私は後悔していません」

彼女の瞳は希望に満ちた輝きを放っている。その後、私が美瑞子さんに次第に惹かれていくとは、お釈迦様でもご存じなかっただろう。

「今晩はお二人の歓迎パーティをしますから、ここでゆっくりしていてください。私たちが何かおいしい料理を作りますから、お楽しみに。もっとも日本から来たばかりだから、期待しないほうがいいかもしれませんが」

その日テーブルに並んだ料理は、茶碗蒸しにカキフライ、すき焼き風の煮ものであった。カキはベルギーから取り寄せたものを使っていた。ちょうどフランスの大使がやって来るため、取り寄せていたのだという。ルブンバシでは、魚介類はなかなか手に入らないのだ。


翌朝、二人が起きてきて挨拶する。

「昨晩は美味しい料理をありがとうございました。私たちはこれから現場の診療所に向かいますが、ルブンバシに来た時にはゲストハウスに立ち寄りますので、また美味しい料理を食べさせてください。山中にある現場には何もないということなので、買い物を口実にルブンバシに来ますから」

と美瑞子さん。初めて会った美瑞子さんとは、相通じるものがあると感じた。彼女に会えるのを楽しみにする自分に一瞬驚きを覚えた。

父親の死と交通事故

ある休日、美瑞子さんへの思いが募り、ムソシ村の現場まで一人でドライブすることにした。まだ免許を取ったばかりなので、運転の腕前が少々心配だったが、芽生えた恋心には勝てず「今日は会いに行くのだ」と決心した。

しかし、その日は運転すべきではなかったのだ。

数日前に、実家から父親の訃報が届いた。父親の遺した言葉は、「残念だった」だったという。私に会いに来たいという夢が叶わなかったからだ。

「正夫、お前が外国で落ち着いたらわしらを呼んでくれ。一度海外旅行をしてみたいのだよ」と、以前、母親と話していたのを思い出す。

こんな時に運転すべきではなかったかもしれない。あとわずかで現場の宿舎に着くという時、ハッと我に返ると、目の前にダンプが走ってくる。とっさにハンドルを右に切り、道路わきの溝を越えて林の中に突入した。エンジンの破損により停車。一瞬頭の中が真っ白になり、呆然とする。飛び込んだのが大木ではなく林だったため、一命をとりとめたのだ。

その後、駆け付けてくれた整備士の人に抱えられて宿舎に到着すると、美瑞子さんが顔色を変えて出迎えてくれた。私が事情を話すと、

「そうだったの、池田さんのお父さんが亡くなったのね。でも、お父さんは天命だったと思うの」

クリスチャンの美瑞子さんは言う。「天命」――この言葉は今でも私の脳裏に焼き付いている。自分もいつかこの言葉の意味が分かるときがくるだろうか。この言葉を私が理解するのには、時間がかかるだろう。

無傷だった私は、宿舎に一泊した翌朝、車を借りてルブンバシに戻った。奇跡の生還であった。親父と美瑞子さんが守ってくれたのだろうか。

鉱山でグリーンスネークとブラックサソリがお出迎え

「池田さん、喜んでください。近々現場の宿舎に栄転ですよ」

この言葉を私は長い間待っていた。一刻も早く現場の宿舎に移りたいという祈りが届いたのだ。これで恋しい美瑞子さんの近くで寝起きすることができるのだ。

「池田さん、ようこそムソシ村へ」

と美瑞子さんの歓迎を期待したのだが、美瑞子さんは診療所の仕事が忙しく、私なぞにはかまっていられないのだ。そうだ、公私混同してはいけない。

この現場には三〇〇人ほどの日本人技師の皆さんが生活している。私は大食堂の一室を与えられた。窓を開ければ、眼下には広大なサバンナとジャングルが果てしなく広がっている。これぞまさしくアフリカの大地だと実感する一瞬であった。

管理人夫婦の家に挨拶に訪れると、さっそく玄関わきで歓迎を受けた。なんとそれはグリーンスネークの集団である。体長五〇センチメートルにも満たない小さな蛇だが、毒を持っているので注意が必要だと管理人は言う。

数日後、ゲストハウスの裏山を散歩していると、陰からゴソゴソと顔を出したのは恐るべきブラックサソリだ。猛毒を持つ真っ黒な大サソリである。ロブスターの子どもくらいの大きさがあろうか。このサソリに刺されたら、すぐ医師の手当てを受けないと死に至るという。

小岩を動かしてみると、いるわいるわ、私を見て威嚇してくるのだ。試しに棒でサソリの背をついてみようと思い、棒を背に向けると、瞬時の速さで猛毒を持つ尾の先が棒を突き刺してくる。この素早さが彼らを敵から守っているのだ。「昼寝の邪魔をするな！」と腹を立てているのだろう。ドクター高田によると、この裏山は木々が多く日が差さず湿気が多いためにサソリが多くいるのだそうだ。

医師のいない立派な病院

ある日、ドクター高田に声を掛けられた。

「池田君、次の日曜日にはザンビアとの国境にある『ミッション』（奉仕の仕事のことでこの場合、病院）を訪れてみようと思っているが、一緒に来るかい？」

「ええ、もちろん喜んで同行させてもらいます」

と私は即答する。美瑞子さんも一緒だという下心があるのだ。次の日曜日が楽しみだ。

日曜日、ドクター高田の運転でサバンナを進む。サバンナの中に細長い土でできた塔が十

数本まばらに立っている。ドクター高田が、

「あれは蟻塚だよ」

と教えてくれる。近づいてみると、私の背丈より高く、二メートルほどもあるだろうか。中を見てみたいと思い、塚を足でつつくと、なんと出てくるわ出てくるわ、蟻の大群である。その様子は怒りを露わにしているようであった。

「美瑞子さんたち、早く車に戻ったほうがいいよ。蟻の大群に餌食にされかねないよ」

ドクター高田の言う通り、ものすごい量の蟻の大群が私たち目掛けて全速力で追ってくるのだ。急いで車に乗り、その場を立ち去るのだ。

「ミッション」に着く少し手前に、柵に囲まれた数軒の家があった。

「ハンセン病に罹った患者たちが共同で住んでいるのだよ。見た感じでは他の人々と何ら変わりはないのだが、感染する恐れがあるので、こうしてほかの村からも隔離されているのだよ」

とドクター高田。まさか、このアフリカの地でこのような隔離病棟があるとは。ここでは一〇数人の人たちが共同生活をしているという。

私の子どもの頃には、田舎にもこのような隔離病棟があったのを思い出す。その病棟に近づくのはタブーとされていた。子ども心に特別な人たちなのだ、と感じていた。

現在では、ハンセン病は感染力が非常に弱く、空気感染などはしないことがはっきりして

いる。治療法も確立しているため、隔離などはしなくてもよいのである

ようやく目的の「ミッション」に到着する。そこには立派な病院が建てられていた。院内を案内してもらうと、きれいに掃除されていて、立派な手術室がある。これがアフリカの病院なのかと目を見張る。ところが、へき地にあるこの病院に欧米の医師はやってこないという。これが現実のアフリカの病院の実態である。

以前観たオードリー・ヘプバーン主演の名画『尼僧物語』を思い出す。ベルギー領コンゴに看護師として派遣される尼僧シスター・ルークをオードリーが見事に演じていた。アフリカへ情熱を持ってやって来たシスター・ルークだったが、志半ばでベルギーに呼び戻されてしまう、というストーリーだった。

美瑞子さんは、

「私は将来、このアフリカで働くことができたら幸せだわ」

と夢見るように話す。この「ミッション」への訪問は、美瑞子さんに将来の生きる道を与えたようだった。

炭鉱現場にモブツ大統領を迎える

一九七一年一〇月、コンゴ民主共和国からザイール共和国と国名が変更になった。

「池田さん、来週日曜日に、モブツ大統領がこのムソシ村の現場に視察にやってくるので、何か昼食を用意してください」

と管理人に頼まれる。

この山奥の現場である。ご馳走なんてできない相談であるが、大統領を出迎えるとあっては、褌《ふんどし》を締めてかからねばならない。ここで点数を稼げば、会社のよい宣伝になる。しかし、この地域には反モブツ派の人間が住んでいるのだ。もしこの地に大統領が現れれば、暗殺者がやってくるかもしれない。それほど大統領はカダンガ州の兵たちに敵視されているのだ。

さて何を作ろうかと頭を悩ませるのだが、いい知恵が浮かばない。魚はモザンビーク共和国の首都マプトの港から長時間かけて列車で運ばれてくるので、出発時には輝いていた魚の目も、到着時には死んだ目になってしまうため、新鮮な魚は入手困難であった。結果的に、羊を丸ごと一頭焼いたり鶏肉を焼くなど、多くの肉料理を用意する。ちなみにガスはないのですべて炭を使った料理である。

しかし、彼がこの敵地でのんびりと昼食を取るとは考えにくい。案の定、ものの三〇分も視察したのち、待機していたヘリコプターに乗って消えていったのだった。その間、パイロットはすぐにでもヘリコプターが舞い上がれるように、機内に待機していた。

せっかくの料理も台無しである。

「オールヴォワール、ムッシュ・プレジデント（さようなら、大統領どの）」

美瑞子さんとの思い出深いムソシ村を去る

一九七二年一月、契約期間の一年が終わり、私がムソシ村を去る日が近づいてきた。管理人夫妻が、送別会をしてくれ、看護師二人も招待していた。

「池田さんや、こんな山奥の現場で生活はどうでしたかな？　ここを離れてどこへ行くのかね」

「ええ、まだ決めていませんが、友人との約束でいったんモロッコまで行ってみるつもりです。自分は旅人なので、そのまま行く先も決めないで旅を続けると思います」

「そうか、まだ二六歳で若いから、各地を旅してまわるのも人生のよい経験になるからな。それも人生、これも人生さ。わしらは池田さんのような勇気はないからの」

この国を離れていくのが少々淋しい気持であったのは、やはり美瑞子さんとの別れがあるからだった。彼女を見たとたん、恋に破れた気持ちとはこのようなものかと思った。

いよいよ出発の朝となる。ムソシ村を発ってからは、隣国のザンビア共和国に入国し、そこから大型バスで首都ルサカまで直行する。国境を越えたすぐそばの町ンドラには中華料理店があり、二度ほど職員たちとラーメンを食べに行ったことがある。国境を越えてラーメンの旅なんて、何となくロマンを感じる。

ゲストハウスの皆さんとお別れの挨拶。管理人夫妻、そして美瑞子さんと優子さんも見送りに来てくれた。

「あなたもお元気で！」

それ以上の言葉は見つからない。そして、私から美瑞子さんに手紙を渡す。これが美瑞子さんとの最後の別れになるだろう。車が発車すると美瑞子さんが大きな声で叫んでいるようであった。振り返ると彼女のほほには大粒の涙。その涙は何を意味するのであったか。

ケニアのサファリツアーに参加

ルサカから、世界遺産にもなっているヴィクトリアの滝を見に行く。なんという水の量であろうか。幅二キロメートルに渡り、落差一〇八メートルの瀑布から飛沫が上昇し、雨のように降り注いでくる。雨合羽が必須である。入り口で貸し出ししていた意味がようやく理解できた。天空は青く晴れ渡り、二重、三重の虹がかかっている。

この滝には吊り橋がかかっていて、それを渡るとローデシア共和国（現在のジンバブエ共和国）である。

私は記念にローデシア側に一歩足を踏み入れて、ザンビア側に戻った。ビザの必要なしに隣国に行ってきたぞ、という自己満足である。この吊り橋から見たヴィクトリアの滝の景色は、凄いの一言。その壮大さを実感した。

ヴィクトリア空港からルサカ経由でケニア共和国に入国する。一九七二年（昭和四七年）一月のことである。ケニアは一九六三年にイギリスから独立し、日本の面積の約一・五倍の広さを持っている。

この国は野生動物をたくさん見られることで知られている。私は六人乗りのミニバスでケニア・タンザニアの観光ツアーに参加した。六人乗りのミニバスでケニア一番の観光スポットであるタンザニアとの国境沿いのマサイマラ国立保護区に向かうサファリツアーである。

しかし、昼間はライオンは寝そべったままである。しばらく行くとチーターがインパラを全力疾走で追いかけて狩るシーンが見られた。あっという間に喉元にかみつき、柔道の寝技のように地面にたたきつけて息の根を止める。

すると子どもを含めた大家族がやってきてディナーとなる。一番のご馳走は内臓である。体の中で一番水分が多く、栄養価が高いことを知っているのだ。残りを掃除人のハイエナが狙い、上空には空の王者ハゲワシが舞う。骨の周りの肉片を食べるのがハゲワシの最後の仕事なのだ。骨は白骨化し、やがてサバンナの土に還るのだ。これがサバンナに生きる野生動物たちの闘争なのだ。

「お客さん、このような現場を目撃できるのは、ごく稀なことなんですよ」

できるだけよいシーンを見せようと工夫していたガイドは、仕事をやり終え満足げだった。

その後、私はマダガスカル、カナリア諸島を経てモロッコに着く。モロッコに来たのは、以前南仏に住んでいた時に知り合ったモロッコ大使の息子マコト君から、

「もしモロッコに行くことがあったら、親父殿に会ってほしい」と頼まれていたのを思い出したからである。

日本大使館に出向き、H大使に挨拶する。

「おお、よく来られましたね。息子から連絡が入り、あなたがモロッコに立ち寄ると聞いていましたので、お待ちしていましたよ。南仏の生活はいかがでしたか？　息子は将来、外交官になりたいと言っていましたが、どうなることやら。ところで、もし宿が決まっていなければ、私どもが住んでいる公邸に来ませんか？」

願ってもない大使の行為に甘えることにした。大使館員に連れられ、大使より一足先に公邸に向かう。そこで公邸料理人のA君を紹介された。公邸の一室をお借りして、しばらく滞

在することになる。

A君はなかなか面白い男であった。彼に首都ラバトの町を案内してもらったり、映画で有名なカサブランカへの小旅行に出掛けたりした。

ある日、大使から、

「実はカサブランカに住んでいるさる商社の支社長から相談がありまして。彼の家族が帰国し、彼一人になってしまったので、誰か料理をしてくれる人を探しているそうなのです。池田さん、いかがですか？」

私は即座に承知の返事をした。いつまでも公邸にいるわけにもいかないから、ちょうどよい折であった。

ポルトガルでゴダール夫妻に刺身を造る

カサブランカで知り合ったベルギー人の紹介で、ポルトガルに渡る。

一九七二年、リベリア航空で大西洋を越え、リスボン空港に到着する。二時間ほどの旅であった。空港には、ベルギー人のストッパー氏が出迎えに来てくれていた。リスボンから南西に車で四〇分ほど行くと、小さな漁港町カフカイスがある。石畳の小路が続き、古い民家が並んでいる。ストッパー氏は、その一角にあるガレージを改造して道場を開くという。海岸からさほど遠くないところにあった。

いよいよ道場開きの日である。かなりの人数の見物客が押しかけてきた。生徒たちは、四〇人以上もいる。フランス人が多く入門してきたのは、ストッパー氏が同じヨーロッパ人のベルギー人だからであろうか。私は合気道も剣道も先生になるほどの腕前ではないので、生徒たちに交じって適当に練習していた。そのうちに、私はフランス人のグループと知り合いになった。

門弟の一人のフランス人が、

「マサオ、近々リスボン市内でレストランを開きたいという友だちのポルトガル人がいるのだけれど、手伝わないかい？」

と声を掛けてくれた。もちろん快諾する。私もいつまでも道場の手伝いをしているわけにはいかないのだ。

「マサオ、今度の日曜日に我が家にいらっしゃいよ。他の友だちも紹介するから」

ある日、フランス人のグループのメンバーであるゴダール夫妻からお誘いを受けた。その日曜日、ゴダール家で話が弾んだ。私はかつてパリの三ツ星レストランのラセールで働いていたというと、

「おお、あの有名な店にいたのか」

と、皆さんがあの店のことを知っていて目を丸くする。「芸は身を助く」の諺通り、コッ

クである私は、ときどきゴダール家の台所に立って手助けすることになるのだ。

カスカイスは小さな漁港である。日曜日の朝にスズキ、鯛などの魚を買い出しして、ゴダール家の台所に立つ。そこで刺身の盛り合わせを造り、試食してもらう。彼らにとって、これが初めての刺身との出会いである。醤油は手に入れることができたが、ワサビはなしだ。ゴダール夫妻は初めての刺身を気に入ったようだった。

「マサオ、次の日曜日には二〇人ほどの友人たちが集まるので、また刺身をたくさん造ってもらえないかしら。彼らにも味わってもらいたいわ」

こうやって、「日仏交歓会」が何度も催されたのだ。

フランス人の家庭で、いつも仲良くしているのがゴダール家とシエー家であった。私もこの両家とはいつも一緒に過ごしていた。この二家族からは、合鍵を渡された。

「マサオ、あなたの好きな時に家に来ていいから。私たちの留守の時でも、この鍵で入っていいよ」

というのである。これには私は大感激した。まだ知り合って間もないのに、これほど信頼してくれているのかと。それ以降、私は暇があると彼らの家に遊びに行った。

ここでたくさんのフランス人たちと知り合い、ポルトガルの生活を楽しむが、ほぼ一年半後、パリに上京する。

ブリュッセルのホテルでキッチンを任される

パリに着くと、また例のごとく各レストランへ手紙を送って職を求めるのだが、今回はベルギーの各レストランにも送る。するとブリュッセルの郊外にあるホテルから返信が届き、即座に行くことを決める。一九七四年三月のことである。

私の手元には一〇〇フランだけが残った。パリの北駅から列車に乗り、三時間後にブリュッセルの北駅に到着する。ホームには、これから行くホテルの家族ら式親子が出迎えてくれた。

「はじめまして。私はマダム・ローズ。こちらが娘のドミニックです。私たちは主人に頼まれ、貴方を迎えに来たのよ。これからホテルまで案内しますね」

ついた先はブリュッセル郊外にあるソワーニュの森の中にあるホテルであった。ソワーニュの森は、ベルギーで初めて世界自然遺産に登録された美しい森である。ホテルの名は「ド・シャトー・ド・グロネンダエル」という。

玄関にはパトロンのムッシュ・ローズが出迎えてくれる。

「当館にようこそ。これからよろしく頼みますよ。キッチンのほうは頼みますから」

と、さっそく大仕事を引き受けることになる。私はこれで無一文の生活から、腹いっぱい食べられる生活ができるのだ、と少し安ど感を覚えるのだった。ホテルの一室を借りることになり、「さあ、これからバリバリ働くぞ」と意気込むのであった。

ホテルといっても部屋が六室あるだけだ。以前は大きな修道院であったが、あるとき大火に包まれ、ほぼ全焼したが、この建物の一角だけ焼け残った。そこでムッシュ・ローズの親父さんがホテルとしてビジネスを始めたという。

スタッフは私を含めて、見習いのコック二人、皿洗いが二人、そして食堂にはメートル・ドテル（給仕長）を含め五人の合計一〇名であった。パトロンはほとんどキッチンに入ってこず、私一人が動き回るが、とても仕事のやりがいのあるキッチンであった。そして、家族も従業員もともに、スムーズな関係であったのも、私の気持ちを楽しいものにしてくれた。

ルクセンブルク大公国で冷製料理に舌鼓を打つ

ある時、仲良くしているメートル・ドテルのレエイモンが声を掛けてくる。

「マサオ、このバカンスを利用して私の実家のあるルクセンブルクへ里帰りするのだが、一緒に来るかい？」

ルクセンブルク大公国は、ベルギー、オランダと合わせてベネルクス三国と呼ばれている。面積はほぼ神奈川県と同じほどの小さな国である。レエイモンのフォルクスワーゲンで、彼の奥さんとの三人の旅である。

途中、ドイツとベルギーの国境のある町を通る。そこは国境を挟んでモゼール川の支流が流れていて、そこを越えるとドイツである。

その町のレストラン・モゼールで昼食をとることになった。私はその支流で獲れたブロシェ(かわかます)を注文した。一人では少し大きいかな、と思ったが、残ったのは骨だけであった。ブロシェは白ワインと出し汁で茹でてあっただけで特に記すことはない。獲れたてのブロシェを食べられただけでよかった。

やがてベルギーを横断し、ルクセンブルクに入国したのだが、どこにも税関史の姿が見えない。

「マサオ、私たちの国では検問所というのは必要ないんだよ。誰でも大歓迎さ」

そして、この国もフランス語が通じるのだ。彼の実家には、レエイモンの両親と息子が住んでいた。その夜は、彼の友人の家に招待されるが、彼自身、友人たちとは久しぶりの再会だという。

その食卓は冷製食品のオンパレード。ハム、サラミ、ソーセージ類、ローストビーフ、サラダ類、チーズ、ケーキなどが所狭しと並んでいる。これがお客を招待するときの夕食だという。あたたかい料理はなし。レエイモンの家でも夕食は冷製料理であった。理由は聞かなかったが。

そういえば、ベルギー国内でもフラマン系の家では夕食は冷製料理であった。なぜ夕食が冷製料理なのかは分からないが、とにかくどれもとても旨かった。とりわけ豚のもも肉の燻製に青いメロンを乗せたものが美味しいのだ。燻製品を作るには、かなり時間がかかるということだった。

大公国というが、首都は小さな町のような印象で、散歩しても大した時間もかからず町を一周できてしまいそうだ。結局、レエイモンの実家には三日間滞在させてもらった。

美瑞子さんからのうれしい便り

「マサオのところに手紙が一通届いているぞ」

パトロンから手渡されたのは、懐かしい美瑞子さんからの便りだった。アフリカを去ってから、美瑞子さんあてに私の住んでいる場所を知らせておいたのだ。その後、美瑞子さんは日本に帰っていた。

「正夫さん、その後お元気ですか。私のほうは着々と準備を進めています。

来年の三月には日本を出発しますので、お会いするのを指折り数えています。正夫さん、私は正夫さんが去ってから長い間悩んでいました。そしてやっと決心しました。正夫さんがブリュッセルにいることが分かり、私なりにいろいろ調べてきました。そして自分の進む道をやっと見つけたのです。

それはベルギーの港町アントワープにある熱帯医学学校への入学という道でした。私はなんとしてでもまたアフリカへ行きたいのです。そのためにアントワープの熱帯医学学校を卒業する必要があるのです。そして、それを決定させてくれたのは正夫さんの存在でした。

もし正夫さんがベルギーにいなかったらどうしようかと迷ったことも事実です。今は語学学校のア・ラ・フランセーズに通ってフランス語を習っている最中です。フランス語って難しいですね。フランス語を勉強しなければ、アントワープの学校の授業についていけないので、なんとしてでもフランス語を上達させることが必要です。果たして私にどこまでできるのかわかりませんが、頑張ります。


美瑞子より」

一九七五年八月

アフリカで医療活動をするためには、熱帯医学の知識がどうしても必要なのだ。そのために、アントワープの熱帯医学学校に入学するというのである。

「マサオ、なんだかうれしそうだな！　よい便りでもあったのかな！」

「パトロン、聞いてくださいよ。来年の春に日本から私が結婚したいと思っている女性がやって来るんですよ」

「それは楽しみだな。ぜひ会ってみたいな」

もちろん紹介させていただこうと思う。

材料豊富なジビエ料理の季節

パトロンが久しぶりにキッチンに入って来た。

「マサオ、今日は鹿が手に入ったので、当店の特別料理として客に試食してもらうぞ」

「ウィ、ムッシュー」

鹿は三頭分あるので、解体するとたくさんの血が取れる。

「おい、マサオ、その血を捨てるなよ。その血でソースを作るのだからな」

しかし、その大量の血を見ていたら、何となく気分が悪くなってきた。

鹿はレストランのあるソワーニュの森で獲れたもので、業者から一頭か三頭分購入する。皮を剥いだ状態で届いた鹿を、部位ごとに切り分けてワインなどに漬け込んでいく。その時、新鮮な鹿なので体から血が出てくるのだ。その血をためておいて、ワインとフォン・ド・ボーを混ぜてソースを作るのだ。血はかなり大量に採れた。

そのほかにも、キジや鳩などの解体をして料理にした。これらがジビエと呼ばれるものだった。

ポルトガルのリスボンにある大学病院で女性の乳がんの手術を見学したときのことを思い出し、この大量の血を見て吐き気をもよおした。

まだまだジビエの季節（秋）は続いているのだ。獲れるのはキジを筆頭に、ウズラ、野ウサギ、野バト、野ガモ、ホロホロ鳥、鹿などである。

このジビエという野生の鳥獣類はかなり多くの血が採集でき、これらをベースとしたソースを作ることができる。たとえば、シベというイノシシや鹿、野ウサギなどの鳥獣類を赤ワインで煮込み、つなぎにその動物の血を用いる料理などである。

しかし、毎日のようにジビエの血を見ていたら、食欲もなくなるというものである。


私は血を見るのが苦手だったが、この季節は避けては通れない仕事である。意外にも美味しかったのは、野ガモとカブの組み合わせであった。美味しく料理するポイントは、野ガモをミディアムに焼き上げることである。カブはバターで炒めたのち、フォン・ド・ボーとともに少しの出汁《だし》で煮込む。ソースにはわずかながら甘みを持たせるのがコツである。

ジビエは赤肉のため、少し甘みを加えたほうが旨い。赤身の肉は、レアかミディアムで食べるほうが旨いし、逆に、白身の肉はよく火を通せという料理の掟のようなものがある。それはなぜだろう。いつか専門家に聞いてみようと思う。大雑把に言えば、赤肉には菌が少なく、白肉には菌が多いということだろうか。たとえば、牛や羊な（赤肉）どは牧草を食べて育つが、豚など（白肉）は残飯を食べるという違いではなかろうか。

キジはベーコン巻きにしてローストするが、これはキジには脂身がないためである。そこに脂をつけて焼き上げるという方法である。そしてキジの付け合わせにはアンディーブがよく合う。アンディーブは白ワインで煮てから取り出して、バター焼きする。アンディーブはベルギーの名産品である。

ウズラも同じ方法でよいが、リンゴとのコンビネーションがよいので、ここは手をかけてカルヴァドス酒を加えてソースを仕上げる。カルヴァドス酒は、フランスのノルマンディー地方で産するリンゴから造られたブランデーの仲間である。

ベルギーの郷土料理ワーテルゾーイ

ある土曜日の夜、パトロンがやってきた。

「マサオ、今、ベルギー王の弟が来ているので料理を頼んだぞ」

「よっしゃー、任せてください」

王室のダイニングでは毎日美味しい料理を食べているだろうからと思い、簡単なカレーソースを作ってみる。するとお気に召したようで、その後も来店したときには、同じ料理を注文するようになった。

ヨーロッパ人はたいていスパイスは好まないので、辛いものは食べない。おそらくベルギーの名物料理ワーテルゾーイに似ていたのだろう。ワーテルゾーイは、大西洋に面した町オーステンデの名物料理である。

まず鯛を三枚におろして、ムニエルにする。その上にカキ、ムール貝、エビ、ウニなどを乗せた豪華な料理である。ソースには魚の出し汁、ビスク、クリーム、白ワイン、コニャックを煮詰め、その後、提供する間際にオランデーズソースを混ぜ、天火だけの開放型オーブンのサラマンドルに入れて焼き色を付けてお出しする。皆さんもぜひ一度食べてみることをおすすめする。

ベルギーはビールの名産地のため、ビールを使った料理も多い。フランス北部からベルギーにかけてのフラマン料理で、牛のすね肉をビールで煮込んだ料理も旨い。


ある日の午後、パトロンがやって来た。

「マサオ、これから警察がくるから、ビザなしで働いているお前さんが面倒にならないように、ちょっと部屋に戻っていろよ。彼らが帰ったら呼ぶから、心配しなくていいよ」

そう、私は潜りで働いているのだ。パトロンからの緊急指令を受けて、私は部屋でひと眠りすることにする。一人の人間を雇うのは出費がかさむので、ビザを取らないのは、それを避けるためだった。私自身も、こうして働いていられるのだから、まあいいやといったところだった。

森の中の一軒家なので、これまで警察の追及を逃れてきたのだ。もっとも、警察とパトロンは知り合いなので、なあなあな関係であったと思われる。ところが、このビザの件のために、そののち私の身に暗雲が立ち込めることになるのだ。

美瑞子さんがベルギーの熱帯医学学校に入学

美瑞子さんから手紙が届く。

「正夫さん、喜んでください。渡航日が決まりました。まだ時間はありますが、三月一五日の午前八時ごろブリュッセル空港に着きますので、空港で待っていてください。四月二〇日がアントワープの学校の入学式です。それまでに入学手続きをしたいと思いますので、ぜひ協力してください。私一人では心細いのです」

便りの日付を見ると、美瑞子さんの誕生日だった。いよいよ美瑞子さんがベルギーにやって来るのだ。

一九七五年三月一五日、待ちに待ったその日がやって来た。空港に迎えに行ったのだが、入れ違いに美瑞子さんはホテルに来てしまった。パトロンの計らいでしばらくホテルに滞在したのち、入学手続きをする。さまざまな国からの入学者が多いなか、日本人は美瑞子さんが初めてだという。多くの生徒の中でフランス語で授業を受けるのである。ハンディキャップも大きいだろう。やがて美瑞子さんは街中のアパートに移っていった。

休日の火曜には最終便の列車に乗って美瑞子さんのアパートを訪れる。

「一杯飲んで元気が出たところで、少し勉強を手伝ってもらえませんか?」

これが美瑞子さんの戦略であった。そう言われても私のフランス語はいいかげんであるが。彼女は学校にテープレコーダーを持参して授業の内容を録音し、アパートに帰ってからテープを聞きながら復習するのだ。テープを何度も何度も聞き取り、ノートに書き込んでいく。復習が終わるのが午前様になり、数時間後の六時ごろに起きて、少し予習をする。それからお弁当を作って学校に行くのだ。ときには果物だけになることもあるという。一六時半ごろ家に帰って夕食の支度をし、その後はテープレコーダーを机の上に置いて夜中まで復習。これだけ努力しているのだ。試験にパスしなければ、神なんぞいないようなものだ。

私は美瑞子さんを見送ってからホテルに帰る生活であった。

ある火曜日、学校が休みだったので、彼女を誘って市内を散策した。すると、町のいたるところで「ムール貝祭り」をやっていた。八月の一カ月間、屋台でムール貝を出して観光客の人々に楽しんでもらおうということらしい。

私たちも屋台に座り、生のムール貝を注文した。それをフレンチドレッシング（別名ヴィネグレットソースと呼ばれる）で食べるのだが、これが意外にも旨いのだ。いくらでも食べられるという隠れた一品である。

美瑞子さんはムール貝の蒸し煮を注文。これにはフレンチフライが付いてくる。一人前約一キログラムのムール貝である。これは食べがいがある。

「美瑞子さん、ムール貝の味はどう？」

「初めて食べたけど、美味しいわ」

屋台を替えて、ムール貝をむさぼる二人であった。

初めての「大雨のキス」

ある土曜の午後、突然美瑞子さんがホテルにやって来た。

「正夫さん、こんにちは、今日は天気がいいので気分転換にやって来ました」

「せっかくだから、森の中を案内するから、散歩に行こう」

初めて彼女と腕を組んで散歩をするのだ。私の足は宇宙に浮いているような気分になるのだ。この気持ちを察してほしい。このソワーニュの森は広大なので、わき道にそれると人とすれ違うこともなく、迷子になる人もいると聞く。私は奥へ奥へと美瑞子さんを誘うのだ。

「美瑞子さん、この辺りの心地よさそうなところで少し休もう」

「はい、わかりました」

私はここで狼に変身するのだ。

「み、み、美瑞子さん、愛しているよ」

強引にキスを迫る狼男であった。ところが意外にも、彼女は素直に受け止めてくれるではないか。これはリハーサルではなく、本番なのだ。初めてのキス。もう「大雨のキス」。この大森林の中で、誰にも邪魔されることのない二人だけの世界。

永久に続くかと思われた二人の甘美な世界に非情にも入ってくる者がいた。自転車に乗ったじい様が、鼻歌まじりでやってくるではないか。

「ようご両人、お邪魔して悪かったな。時間はあるから頑張りなさい、オールヴォワール」

と言いながらペダルをこいでよぼよぼと姿を消していった。

美瑞子さんはとても美しく輝いていた。希望に満ち溢れていたのだ。

「正夫さん、夕刻が迫って来たから、私はそろそろアパートに帰ります。今日は楽しいデートをありがとうございました」

ちょっとはにかむ美瑞子さん。そのまま美瑞子さんと一緒にアパートに行きたいという衝動に駆られるが、私には仕事があるのだ。

ザイールでの再会を約束するが……

そして月曜日の午後、いよいよ美瑞子さんの試験の結果が発表になった。アントワープに結果を見に行った美瑞子さんから電話がかかってきた。

「正夫さん、私、やったわよ。下から数えて三番目だったけど、合格者の中に私の名前があったのよ。試験に合格したのよ。正夫さん、いろいろ長い間ありがとうございました。私は、私は……」

興奮して声が少し震え、涙ぐんでいるようだった。

「美瑞子さん、よくやったね。大金星だよ、おめでとう。フランス語のハンディにもかかわらず、どうしてもアフリカに行くという信念が合格に導いたのだよ」

「私の友人のフランス人は落ちてしまって、かなりショックを受けていたわ。それで、彼女を日本に連れていくことにしたの」

その夜は二人でシャンパンを開けて乾杯した。

「私は幸せだわ。将来はアフリカに行き、困っている人たちを助けてあげたいのです。特に医療関係だけれど、この学校で習った知識を活かしたいの。キンシャサにある医学大学に入学してドクターを目指してみるつもりです。そうしたら、ザイール（現コンゴ民主共和国）

のどこかのミッションで働くことになると思うの。正夫さんもザイールに来てくれるといいのだけれど」

「私も何とかして仕事を探してザイールに行くつもりだから」

「よかった、またザイールで会えるわね」

将来に向かって前進する二人である。


一二月末に、美瑞子さんは日本に向かう機上の人となった。一カ月後にはまたブリュッセルに戻り、準備ができ次第ザイールに行くのだ。

ところが翌日、ザイール大使館に行き、ビザの発給を求めると、あっさり断られてしまったのだ。私は潜りで働いていたので、ビザは持っていない。キンシャサのレストランからの招待状を見せるが、「ベルギーのビザを持っていない限り、ザイールのビザは発行できない」の一点張りである。

私は数カ月前から、キンシャサのホテルやレストランあてに手紙を送り、就職活動をしていた。すると、レストランとホテルから採用の返事が来たのだ。喜んだのもつかの間、ビザが取れずに行くことができず、がっくりとなった。

一九七七年一月下旬、美瑞子さんを迎えに空港に行く足取りは重かった。ザイールに行けないことは、まだ彼女には内緒である。

「私の行く先は、中央アフリカ共和国との国境にあるリベンゲ村にあるミッションです。すぐそばにはザイール川の支流のウバンギ川が流れていて、その川を渡ると中央アフリカになります。リベンゲ村につき次第、便りを出しますね。さようなら」

彼女は背を向けて、人波の中に消えていった。

美瑞子さんとの別れ

いよいよパトロン一家ともお別れだ。ホテルにある日本人がやってきて、「このホテルで働きたい」と言うので、「それならトレードしよう」ということになったのだ。彼はアムステルダムのホテルで働いていた。美瑞子さんのいなくなったブリュッセルに、いつまでもしがみついているよりは、新天地に行こうと考えていた矢先でもあった。

アムステルダムの駅に着くと、なんと東京駅とそっくりではないか。まるで双子のようである。東京駅はこのアムステルダムの中央駅をモデルにしたという説もあるそうだ。

その間、美瑞子さんからはたびたび便りが届いた。その最後の手紙に、私は衝撃を受けた。

「正夫さん、元気でやっていますか。私はこのアフリカに再び来ることができてとても喜んでいます。これは正夫さんのおかげで、とても感謝しています。私は今でも正夫さんが好きです。その気持ちに変わりありません。正夫さんも私に対して同じ気持ちを抱いていることがよくわかります。私は結婚という道を選ぶか、それとも一生涯アフリカの人たちの医療奉仕に身をささげるかという選択に迫られ、悩みに悩み続けたのです。その結果、私は後者を選ぶことにしました。

私にとっては医療活動をすることが神の思し召しだと思うのです。このアフリカで恵まれない人のために力を尽くしたいと思います。どうか私の気持ちを察してください。正夫さん、ほんとうに、ほんとうにごめんなさい。正夫さんと一緒になるつもりでしたが、結果はこのようになりました。

正夫さんとのベルギーでの生活はとても楽しく幸せでした。とても良い思い出です。私はキンシャサの医学部に入学しようと思っていたのですが、大学側と政府との間で問題が生じ、医学部は閉鎖されてしまいました。これからはザイールの人たちとともに生活していきます。

正夫さん、どうかお元気で、お体を大切にしてください。正夫さんの健康をいつもお祈りしています。それがせめてもの私の気持ちです。さようなら」

第三章

アフリカの大地を行く

（1978年3月〜1982年10月）

通訳としてアルジェリアへ

一九七八年三月、オランダでの仕事が終わり、さてこれからどうしようかと迷ったが、一時帰国することにした。しかし、日本に帰ってもなぜか腰を落ち着けることができないのだ。私の胸には、また外国へ出たいという欲望が渦巻いた。とりあえずアルバイトをしようと思い、宿舎付きの仕事を見つける。クラブのコックとして雇ってもらったのだ。

ある日宿舎に戻ると、同僚から、

「池田さん、ちょっとこの新聞の記事を読んでみたら！」

と、手渡された。その記事には、

「アルジェリアの砂漠地帯で、天然ガスの採掘をしている企業がフランス語の通訳を探している」と書かれてあった。

「これでまたチャンスがあるかもしれないぞ」と思ったが、語学音痴の私がフランス語の通訳として働けるかどうか、自信がなかった。それでもそのチャンスに賭けようと思い、その通訳会社に行って面接を受けることにした。

面接が終わると、担当者がこう言うのだ。

「池田さんのフランス語では通訳は難しい仕事だと思いますが、しばらくは私たちのところに通って勉強しますか？」

「はい、ぜひお願いします」

私は何としてでも再びアフリカに行くと決めていたので、このチャンスを掴みたかった。それからは毎日のようにその会社に行き、フランス語の勉強を始めるのだが、ちっとも進歩しないのは以前のとおりである。

「これではアフリカ行きは無理かなぁ」と半分諦めていたのだが、ある時担当者から、

「池田君、アルジェリアの砂漠での仕事があるが、手を挙げてみるかい？　それほど難しい通訳の仕事ではないので、君でも大丈夫だよ」

というお墨付きをもらったのだ。サハラ砂漠の入り口付近で、日本の企業が天然ガスを採掘しているのだという。私はこの時とばかり両手を天高く上げて、「ぜひその仕事を回してほしい」と頼むのだった。

数日後に連絡が入り、「明日、その会社に同行するように」とのことなので会社に出向く。

「彼はフランス語はあまり上手ではないが（まったくその通りなので、私は沈黙を守る）、職員の人たちのまとめ役としていい男だから、私たちは彼を推薦するつもりです」

「そうですか、それでは当社としてはお願いしますから、よろしく頼みます」

私は心の中で万歳三唱をするのであった。

「やったぜ！　これでまたアフリカに行けるのだ」

通訳もどきとして、二年間、サハラ砂漠での生活をすることになる。以前、飛行機でフランスからザイールに向かった時には、真夜中だったためその風景を見ることができなかった。いつの日か、太陽のもとでサハラ砂漠を見てみたい」という思いが、こうして実現したのだ。

二〇〇〇人もの技師と天然ガス採掘現場で働く

「東京よさらば！」

羽田空港を後に機上の人となる。日本に帰ってからひと月もたたないうちの出発である。アンカレッジ空港を経由して、パリに到着。通訳事務所で手続きをすませ、翌日エールフランスでアルジェリアの首都アルジェに向かう。

アルジェリア民主人民共和国は、日本の約六・三倍の面積を持ち、現在はアフリカでもっとも広い国である。

機内に入ったとたん、ものすごい悪臭が鼻をつく。それは羊の臭いなのだった。原因は、たくさんのアルジェリア人がこの飛行機を利用しているために、彼らのまとっている服に付いた羊の臭いが機内に残っているのである。この飛行機で働いている人々はどんな気持ちなのだろうか。

アルジェに到着し、空港の外に出ると、会社が用意した大型バスが待っていた。私のほかに二〇人ほどの日本人グループがいた。彼らもこれからサハラの現場に向かうのだ。これから同じ釜の飯を食う仲間である。

「さて、出張者の皆さん全員が海外生活は初めてというので、現場に着くまでの間、少し説明させてください」

車中の皆さんは、未知の世界に向かっていろいろと想像しているようである。

アルジェの町を出発し、アトラス山脈を越えると、いよいよここからはサハラ砂漠に向かう。このアトラス山脈は、高いところは四〇〇〇メートル級にもなり、冬は雪が積もるという。しだいに人家も少なくなる。次に休憩したのは、ラグアットという大きな町である。ここからキャンプ地まではまだ数キロメートルあるという。

アルジェの町から七時間ほどたったころ、いよいよキャンプ場に到着する。暗闇の中なのでキャンプ場の様子は分からない。下請け業者の人たちの歓迎を受ける。私たちを待っていたというより、土産物を期待しているのだ。先にこの地に入っている人たちは、後から来る人に持ってきてほしいものを頼むのだ。その期待の「荷」が着いたので、この夜は酒盛りになるだろう。

この現場には日本人の技師たちが二〇〇〇人ほどいる。半年に一度は帰国して家族と再会するが、半年間というものは彼らにとっては苦痛の日々である。それを癒してくれるのが、日本の食料品というわけだ。

翌朝、部屋を出て食堂へ行こうとすると、なんとプレハブの長屋が二〇数棟並んでいる。その中に二〇〇〇人の人たちが押し込まれているのだ。一部屋の広さは三畳ほどで、二段ベッドと机が一つという作りの宿舎である。土地は広くていくらでもあるのに、なぜか宿舎は狭い敷地の中に作られている。一本の木も生えておらず、娯楽施設もなし。

朝食後、事務員と一緒に現場を回る。現場は広く、自転車を利用する。私が所属するT社は、天然ガスを貯蔵するタンクを作っていた。この砂漠の地価には三〇から六〇キロメートル四方に天然ガスが眠っているために、現場は三カ所に分かれている。私には皆目見当のつかない埋蔵量である。採掘されたガスは、パイプラインで地中海側に運ばれる。将来は地中海を通してイタリアまで送るというが、実現するのだろうか。

この現場には、毎朝百キロメートルも離れた町から二〇〇人もの現地スタッフが大型バスでやって来る。現場に着くと、やおらお茶を飲み始め、一時間以上は動かない。なんだかんだと言って仕事を始めないのだ。

私の仕事は、T社で働いている日本人技師とアルジェリア人スタッフとの通訳であるが、ここでも通訳もどきとして活躍する。私が自転車に乗って現場に行くと、日本人技師から怒鳴られる。

「池田さんや、彼らを何とかして働かせてくれんかのおー!」

日本側からすれば、工程表に沿って工事を進めているので遅れることはできない。一方、アルジェリア人からすれば、工程なんぞ関係ないのだ。ほとんどのアルジェリア人が羊飼いをしていたので、企業で働いた経験がなく、組織だって働くことに抵抗を感じているのだろう。時間に沿って働くのは戸惑うのだ。

そのため、毎日日本人とアルジェリア人との間で意思疎通が欠け、「日・ア戦争」が繰り広げられている。私は国連安全保障理事会の役員のように毎日現場を調停して歩くのだ。

紅茶入りジョニ黒をつかまされる

ある日、出張でアルジェに出向いた時のことである。街中をぶらぶらと散歩していると、

「そこを暇そうに歩いているお兄さんよ」

と声を掛けられた。振り向くと、おっさんが戸口から手招きしている。近寄ってみると、彼は大事そうに抱えている物を見せてくれた。

なんと、なんと、それはジョニー・ウォーカーの黒ではないか！　黒ですぞ！　彼の腕の中には黄金の宝物が横たわっているのだ。ジョニ黒のボトルに目が釘付けになる。この貴重なボトルを持ち帰れば、私は英雄として凱旋将軍になれるだろう。

「お兄さん、このボトルを買わないかい？　お安くしとくよ！」

私の瞳孔がガーッと開き、「う、ウイスキーが欲しいのだ……」と言わんばかりの私の顔を相手は読むのだ。「いいカモが引っ掛かったぜ」とばかりに勝ち誇る。

さあ、これからが値段の交渉である。当時、ジョニ黒は日本円で一万五〇〇〇円（約二〇〇〇ディナール）の価値があった。

「二〇〇〇ディナールで売りたいが、お兄さんに免じて一五〇〇ディナールでどうじゃぁ？まけておくぜ」

となかなか強硬だ。

「おっさん、もう少し安くならんか」

目の前に出されたボトルを見せられては、私の負けだ。どうしてもジョニ黒が欲しいのだ。持ち金を全部はたいて手に入れ、

「これで現場の皆さんと一緒に酒が飲める。きっと楽しい酒盛りができるだろう」

と胸を膨らませる。

現場に戻り、意気揚々と、

「これで一杯飲みましょう」

と隣近所に声を掛ける。

「じゃあ、明太子を持っていくよ」

「わしは魚の干し物を」

棟梁の部屋に八人の人々が集まり、皆さんの大事な虎の子がテーブルに並ぶ。おそらくこんな豪華な酒盛りは、この現場が始まって以来ではないだろうか。みんなの顔も生き生きしている。一日二本だけの配給ビールでは物足りない、と思っている人がたくさんいるのだ。

いよいよ私の出番である。

「それじゃあ、みなさん、私の酒ですよ！」

テーブルにドカーンと置く。何となく高級感がある。

「それでは棟梁から一杯いかがですか」

「おおー、ありがとうさんよ。今晩は旨い酒とたくさんの故郷の味が並んで、一度に春が訪れたようだなぁ」

と嬉しそうだ。次から次へとコップに注いでゆく。一六個の目が私を注目する。

「それではみなさん、お疲れさまです。乾杯といきましょう！」

「乾杯！　乾杯！」

皆さんの威勢の良い声が部屋の中に響き渡る。まさにこの時である。青天の霹靂が起こるのだ。

ふいに棟梁がつぶやいた。

「あんさんなぁ、……これはウイスキーのウの字も入ってない、ただの紅茶だよ」

一六個の目が、今度は冷たく私に注がれる。

「いや、棟梁、そんなことはないですよ。決してない。一万五〇〇〇円分も出して買った高級ウイスキーのジョニ黒ですよ。紅茶なんかじゃありません」

と自分に言い聞かせるように叫び、一口飲んでみると――まさしく、瓶の中身は紅茶であったのだ。私の目は飛び出さんばかりであった。

「皆さん申し訳ないです。紅茶とはつゆ知らず騙されました。どうか勘弁願います」

私は平身低頭、皆さんに頭を下げるばかりであった。すると棟梁が突然、

「ファ、ファ、ファ」

と、笑い始めた。

「おまえさん、こういうこともあるんだよという経験だよ。一万五〇〇〇円はちと高いが、よい授業料と思えば安いもんさ」

と私を慰めてくれるが、他の面々にとってはそうはいかない。皆さん大事な虎の子を持参したのに、ウイスキーのウの字も出ないのだ。怒るのも無理はない。

「じゃあ、俺は明太子を持ち帰るぞ」

「わしもそうするかのー」

と、干し魚もテーブルから姿を消すのだ。皆さんそれぞれ食べ物を引き上げてしまった。豪華な酒盛りとなるところが、寸前で立ち消えとなった。テーブルの上には、私のジョニ黒（紅茶）だけが淋しそうに鎮座している。

それ以来、皆さんとの関係がぎくしゃくしてしまったのは残念だった。食べ物の恨みは恐ろしいというが、飲み物の恨みも恐ろしいのだと身をもって知ったのだった。

しかし、なぜ紅茶だったのだろうか。買ったときには、ボトルの蓋はしっかり閉じてあったので、「これなら大丈夫だ」と思っていたのに。相手はプロの詐欺師であったのだろう。なにも楽しみのない現場の、思いがけない出来事だった。

サボテンの実の美味しさに驚く

ある日、会社の出張でオランの町に行くことになった。オランは地中海に面したアルジェリア第二の都市である。ドライバー、社員二人、私の四人である。長距離を走るときにはドライバーを連れていくのが、道中の諸問題を解決するために良いのだ。

久しぶりに海の見える丘に出られる。砂漠というまったく緑のない現場を脱出して、緑生い茂るオランの町へ。

現場を出てしばらく走ると、突如砂が舞い上がってくる。ドライバーが叫ぶ。

「皆さん、早く窓を閉めてください。砂嵐がやって来ますから」

窓ガラスを閉じる間もなく、前方には砂嵐が巻き起こり、視界が効かなくなる。窓を閉じても砂は細かいため、車内に侵入してくる。車内にエアコンはついていない。むっとする熱さが襲ってくる。視界が見えなくなってしまったので、停車せざるを得ない。

車の中に二〇分ほど閉じ込められていただろうか。やっと砂嵐が去り、私たちは急いで社外に飛び出し、新しい空気を吸ったのだった。空気というものがこんなにも美味しいものかと、改めて感じた。

砂嵐は去ったが、そのために道路が消えてしまった。しかし、ドライバーはオランとの間を何度も往復しているので、道がわかるという。やはりドライバーを同行させたのが、私たちの窮地を救ったのだ。

やっとのことで砂漠地帯を抜け、アトラス山脈の麓にたどり着くと、胸をなでおろす。緑の多いところというのは、こんなにも人の心を和らげてくれるものかと改めて感じたのだった。

山脈の中腹を通りかかると、きれいな白い花が咲いていた。近づいてみるとサボテンの花であった。

ドライバーが「サボテンの実は旨いよー」と言うので、食べてみようとする。ところが実は棘で覆われていて、素手でつかむことができない。革の手袋が必要である。この棘のために、現地の人たちはサボテンを食べようとしないのだ。

実の大きさは、キウイフルーツより一回り大きいくらい。ナイフで皮をむいて、一口食べてみると、これが実に旨いのだ。いくらでも食べられる。同時に、喉の渇きをいやしてくれる。サボテンの実から水分を補給できるのだ。

初めてサボテンの実を食べたが、実に実に美味であり、病みつきになる。このサボテンを利用して、デザートの一品を考えてみる。自然の恵みに感謝しつつ、オランの町に向けて下っていく。

家庭料理クスクスを味わう

ガルダイヤから通ってきているドライバーの一人から、

「来週の休みに我が家でクスクス料理を食べませんか」

と招待された。もちろん喜んでお受けする。

ガルダイヤは、現場から一〇〇キロメートルほど離れた大きな町である。現場には電話が引かれていないため、電話を掛ける必要のある時にはガルダイヤまで車で出掛けていくのだ。まだ携帯電話のない時代である。

彼の家のクスクスは、羊、鶏、ソーセージなどたくさんの野菜が入っている。これは一般的な家庭料理である。私は食べるのが好きなので、美味しくいただく。

クスクス料理の作り方は、こうである。まずセモリナ粉に水を入れてよく混ぜ合わせ、団子状にしてから裏漉しする。すると粟のような細かい粒状になるので、それを乾燥させる。

いったん乾燥すると一〇〇年近くは持つため、よい保存食になるという。つまり、乾燥させるとスパゲッティーと同じ状態になるのだ。

このクスクスを二重底の鍋に入れ、下の鍋では野菜などを茹で、上段の鍋にはクスクスを入れて蒸すのである。これが一般的なクスクスの調理法だ。手作りのクスクスは蒸すのに時間がかかるが、インスタントを使えば簡単である。味付けには、塩、コショウ、そしてハリサという唐辛子くらいである。

こんな時、ビールの一本か二本あるといいのだが、残念ながら出されたのはジュースである。あたりまえだ、イスラム教の国は飲酒が禁止なのだから。「郷に入れば郷に従え」だ。

部屋の奥のほうから賑やかな女性たちの話し声が聞こえてくるが、彼女たちは決して男性と同席できないのはもちろん、私たちは顔を見ることすら難しい。これもイスラム教の掟である。

アルジェリアではモロッコと違い、特に地方では女性が外出するときには民族衣装のブブイを頭からすっぽり被るので顔が見えないのが残念である。

サハラ砂漠の幻想的な美しさ

体がだるい日々が続いている。原因は分からない。現場の診療所のドクターに診てもらうと「風邪じゃないかなぁ」という診断である。

近々会社の慰安旅行でサハラ砂漠にあるオアシスの町ティムセンに行くので、私が引率者となる。しかし、体があまりにもだるい。断ろうかと思ったが、皆さんが楽しみにしているし、私自身も本物のサハラ砂漠を見てみたい気持ちもあったので引き受けることにする。

サハラ砂漠の広大な砂丘の中まで入るのは、今回が初めてである。大型バスに下請けの人たちほぼ全員の五〇人が乗り込み、一泊二日の旅行に出発する。仕事から解放された人々の表情には生気がみなぎっていた。アルコールと大事なおつまみを片手に、車内は楽しい笑い声に満ちている。

サハラ砂漠への入り口は、草一本生えていない。一本道を走っていると、はるか彼方からラクダに乗った隊商が私たちのほうに向かってやってくる。まるで映画『アラビアのロレンス』のワンシーンのようである。

その隊商は湖上を渡ってくる。しかし、行けども行けどもバスと隊商の距離は一向に縮まらない。どうしたことであろう。湖上を渡ってくるのは、たしかに家族を連れた人々に見えるのに。

不思議に思ってドライバーに尋ねると、
「ああ、あれか。あれは蜃気楼だよ」
と言う。これが話に聞く蜃気楼か。皆さんはこれを信じることができるだろうか。しかも、一〇〇個の目が同時に見て、確認しているのだ。車中の皆さんは、初めて見る幻想的な情景に大感動である。何十頭ものラクダの背に乗って、湖上を渡るベルベル人らしき家族連れの隊商、これからどこに行こうとしているのか。

この蜃気楼は三分間くらい見えていただろうか。やがてふわーっと消えてしまった。湖とともにその不思議なシーンは一瞬のうちに消え、現実に戻ったのだ。

まもなくサハラの砂丘が見え始めた。砂丘に挟まれた道路を一路ティムセンへと向かう。ドライバーの話では、砂嵐が吹くとこのような道は消え、新しい道ができるという。
「この道は何回も走っているから、道が消えても新しい道を探っていくから大丈夫」

こっちがだめならあちらに行くさ、ということか。

やがて、はるか彼方に人家らしきものが見えてきた。きっとあの町がティムセンであろう。ほぼ六時間の道程であった。しかし、私はますますだるくなる一方で、早めにホテルの部屋に入って横になりたかった。夕食には皆さんテーブルで乾杯しているが、私はビールを飲みたいという気持ちがまったく起こらず、食欲もない。これは普通の風邪ではないだろう。「あのやぶ医者め」と心の中でののしるのだ。

ホテルの中庭から夜空を見上げると、砂丘の頂から月光が私たちを照らしている。なんという幻想的な美しさであろうか。砂丘というものがこんなにも美しく見えるのか。空には雲ひとつない。そして、ダイヤモンドを散りばめたように、無数の星が輝いている。こんな夜景に彼女を連れてきたら、ハートを確実に射止められるにちがいない。それほどロマンチックである。

噂では、この町は数年後には砂丘に埋もれてしまう運命であるという。すでに住み慣れた故郷を離れ、幾多の人々がこの町を去っていったとのことだった。

翌朝、朝食後に町を散歩すると、かなりの人家が砂丘に飲み込まれているのを目のあたりにする。窓の半分以上は砂に埋もれ、家の中に入ることはできない。しかし、今この町に残っている年老いた人々は、故郷を離れることはできないという。

「我々はこの町で生まれ育った。この町とともに砂丘の中に消える運命かもしれない。隣町に行こうとすれば、車で二〇〇キロメートル以上も移動しなければならず、安心かもしれない。しかし、我々はこの町の最期を自分たちの目で確認したいのだ。若者たちは自由にすればいい。だが、わしら年寄りはアラーの神の思し召しに従うよ」

アルジェリアの国民から忘れ去られようとしているサハラ砂漠のオアシス、ティムセンよさようなら。もう二度とお目にかかれない町かもしれないのだ。

帰路は、心配していた通り砂嵐によって道路が消えてしまい、迂回することになった。これが私たちだけだったらパニックになっていたことだろう。五〇人の命が砂丘に埋もれてしまうところだ。しかし、ベテランドライバーのおかげで無事現場に戻ることができた。みなさんの表情にも、我が家に帰って来たという安心感が見られたのだった。

日本に戻って肝炎を治療

しかし、私の健康状態は最悪である。旅から帰った足で、診療所に駆け込む。もうどうしようもなく体がだるい。

「池田さん、これは急性肝炎だよ」

私の顔を見るなり、ドクターはこう言うではないか。

「前回は日焼けしていたから分からなかったけれど、君の目には黄疸が出てるよ。このまま入院してもらうからね」

急性肝炎の症状は、食欲がまったくなくなりアルコールも受け付けない。そして、目に黄疸が現れ、小水が真っ黄色になり、大便が白くなる。

簡易ベッドに横たわりブドウ糖の点滴を始めると、体じゅうのだるさがいっぺんに吹き飛び、いい気分になってしまったのには驚いた。

「いったん帰国してどこかの病院に入院しなさい。そしてしばらくは日本でゆっくりするといいよ」

ドクターから親切な助言を受ける。そうして私は皆さんより一足先に日本に帰ることになった。


一九七八年一〇月、この年に開港したばかりの新東京国際空港（いまの成田国際空港）に着くと、会社からの出迎えを受け、新橋の日比谷病院に直行する。思うに、現場ではよく大盛りのサラダを食べていたのだが、生野菜を洗う水で肝炎が引き起こされたのかもしれない。地下五〇メートルから汲み上げた水であったが、その地下水が原因だったように思う。

退院して田舎に帰っていたのだが、また「海外に出たい」という気持ちがうずき始めたころ、東京の事務所から電話がかかってきた。

「池田さん、調子はどうだね？　君さえよければ、またアルジェリアに行ってみるかい？」

その場で快諾する。

「お袋さん、俺またアルジェリアに行ってくるよ。元気でいてよ」

「おやまあ、また行ってしまうのかい。お前さんは海外の生活のほうが肌に合っているのかな」

そうして一カ月の休養を終え、私はまた機上の人となった。

アルジェで通訳の仕事をする

アルジェリアに再入国する。今回の仕事は、各都市にある電話局内での電話回線の接続をする技師たちに同行する通訳なのである。アルジェ市内に居を構えることとなった。サハラ砂漠と違い、海と緑のある町である。普通の人間並みの生活ができる。

私とコンビを組む技師の話では、これからはアルジェリアの海岸線に沿って一〇〇〇キロメートル以上は走りまわることになるという。地方に出ると一週間や二週間は各局の仕事が続く。アルジェに戻ってくると、地方から帰ってきた技師や通訳たちと宿舎のアパートで雑魚寝である。

そのため、所長が気づかってくれて、帰ってきた数日間は海岸線沿いのホテルを用意してくれる。そこでリフレッシュするのだ。昼は海水浴、テニスなどの運動をし、夜はみんなで食堂に集まって宴会が始まる。市内で公にビールを飲めるのはホテルや限られたレストランだけであるが、本数に限りなく飲んでよいことになっているので、極楽浄土である。

ある地方に出掛けたときには、ラマダン（断食）の時期にぶつかり、昼食をしたくてもレストランはすべて閉店していて、夜までは開きそうにない。街道に沿って車を走らせていると、相方が窓の外にあるものに気づいた。

「池田さん、あそこのスイカ畑からスイカを買って昼食代わりにしよう」

「そうしよう、これで何とか夜まで腹が持つな」

自分たちの頭の二倍ほどあるスイカを二個買って、それを貪り食う。畑から直接買ったので冷えていないが、この際そんな贅沢は言っていられない。水分が補給できたし、満腹するのだった。

郷土料理ブリックとイノシシ料理

時おりアルジェ市内のホテルやレストランで食事をすることもあるが、あまり美味しい店には巡り合わなかった。社会主義国であるためか、サービスも悪い。スープを注文すると、出てくるのは遅く、冷めている。なにより味がしないのである。文句を言っても知らん顔。これが高級ホテルなのだ。

パンにしても、モロッコではフランスと同じバケットを食べられるが、アルジェリアではついぞ口にすることはなかった。隣り合わせの国なのに、なぜこうも違うのか。

一つだけ例外だったのは、ブリックであった。これは春巻の皮のようなものであったが、路上で売られていたので、時々購入して春巻を作ったりしたものだ。ブリックは薄く、とても扱いやすかった。

ブリックはチュニジアなど地中海沿岸の各地で食べられている郷土料理である。マルスーカという薄いパイ生地にツナやほぐした鶏肉を乗せ、落とし卵をして三角形に折り、油で揚げる。ハリッサという唐辛子ペーストをつけ、レモンを絞って食べる。ナイフを入れるととろりと卵が出てくるのだ。

ある夕食に、通訳仲間の夫妻から招待を受け、アトラス山脈の中腹にあるホテルでイノシシ料理をご馳走になる。

イスラムの世界では豚肉は食べないが、イノシシ肉はよいのだろう。相対的にイノシシ肉は固いので、ワイン煮にしたらいいと思う。

サハラ砂漠で採れる白い大きな岩塩

年が明け、アルジェリアのプロジェクトが終わってパリに戻る。しばらく友人宅でお世話になる。シャンゼリゼ通りに通訳会社の事務所があるので、時々顔を出してアルバイトの職を探してもらう。

「池田さん、またアルジェリアの仕事がありますけど、行きますか?」

「お願いします」

その場で返事をする。次の仕事はアルジェリア国内一〇カ所に自動車整備工場を作る会社である。任地はバトナという地方都市で、アルジェから東に向かいほぼ五〇〇キロメートルほどで、海岸からは四〇〇キロメートルほどであろうか。今回は、所長一人、技師一人、コック一人に私の四人組である。

バトナの町に着いたときにはまだ宿舎が決まっておらず、一カ月ほどホテルに缶詰め状態。ホテルの食事があまり美味しくない。しかし、我々には強い味方のシェフがいる。早く彼にその腕を振るってほしいと願う。私もコックなので、意気投合するのであった。

「池田さん、次の休日は一泊二日でサハラ砂漠の旅というのはどうですか？」

反対する者はいない。シェフにお弁当を作ってもらい、いざ出発。

目指すはバトナより南下した砂漠の町ハシメサウドである。ここには外資系の会社があるので道路の心配はなく、夕方までに着けばいいのでゆっくり行く。ほぼ四五〇キロメートルの行程である。

途中、小さな町に差し掛かると、町のいたるところに白い大きなブロックが積んである。不思議に思い町の人に聞いてみると、

「ああ、あれは岩塩ですよ」

という答えが返ってきた。

「この町では岩塩が採れるので、昔、マリの国からラクダに乗った隊商が物々交換をするためにサハラ砂漠をラクダに乗ってやってきたんですよ。そのような時代があったと祖父から聞きました。大昔は、この辺りは海だったのかもしれませんね」

マリ人はサハラ砂漠をものともせず、ラクダに乗って塩を求めてやってきたのだろう。

次第に砂丘が見えてきた。目的地に到着だ。以前行ったティムセンの町に比べると、かなり大きな町で、行き交う人々も元気そうだ。この町は砂丘に埋没することはないかもしれないが、大砂丘が広がり、その陰りから逃げられるかどうかは予想できない。

この町からしばらく南下していくと、小さな湖が見えてきた。水もないただの涸れた湖である。誰にも注目されることもなく、通り過ぎる。

ノルウェーの船会社からの遅かった手紙

「池田さん、この町の最高級ホテルに泊まるよ」

所長の懐は温かいようである。しかし、シャワー付きの部屋でも水はチョロチョロとしか出ないという具合であった。

ホテルの裏側はすでに大砂丘が押し寄せてきていて、砂丘が部屋の窓の下まである。いったい砂丘の浸食の速さはどのくらいなのだろうか。サハラ砂漠の近隣諸国は、その浸食をいかに食い止めるかに苦心しているようであるが、フォース（自然の力）にはかなわないという。ある国では植林をして防ごうとしているが、木が育つより早い浸食のスピードに頭を抱えているという。これがアフリカのフォースであろう。

いつの日か、この砂丘の夕日を美瑞子さんに見せてあげたいと思う。

翌早朝、四人で砂丘を散歩する。目標物がホテルしかないので、ホテルの付近を歩くだけであったが、何か硬い物にぶつかった。砂丘を少し掘ってみると、なんと「ローズ・ド・サハラ（砂漠のバラ）」という名の宝石があったのだ。

「ふーん、これがあの噂の石なのか」

「この石はいろいろなものが風化してできた結晶だといわれていて、だから壊れやすいそうです」

この石は本当にバラのような形をしているのだ。

「じゃあ、我々もこの辺りを探してみるか」

と言って、皆があちこち動き回るが、私が見つけた以外の石は見つからなかった。次第に太陽が昇ってくると燃えるような暑さである。ホテルの見えるところを歩いているからいいものの、いったん道を外れたらどういうことになるか。二度と祖国の土を踏むことはないであろう。

特に町を見学するところもないので、バトナに帰ることにする。街を少し出たところにキオスクがあった。そのカウンターの上には、何とたくさんの「ローズ・ド・サハラ」が並んでいるのだ。こんなことなら、炎天下の砂丘で石探しをすることもなかったのだ。

北上していくと、昨日見た涸れた湖の湖面が真っ白になっているではないか。

「もしかしたら、塩が噴出しているのかもしれない」

と湖面に降りていき、吹き出している白いザラザラした粉を口に入れてみると、まさしく塩であった。午前中に塩が噴出し、午後には塩が消えてしまうという摩訶不思議な現象が起こるのだ。つまり、この辺りも大昔は海であったのかもしれない。

やがて無事バトナに帰り、そのままベッドにもぐりこんで熟睡する。


バトナ滞在中に、手紙の束がパリの友人から転送されてきた。その中に一通の封筒があり、開封してみるとアメリカン・プレジデントという名の船会社のノルウェー支社からの手紙であった。

「あなたの手紙を受け取りました。あなたの希望を受け入れる用意があるので連絡をください」

という内容である。しかし、私はすでにアルジェリアの仕事をしているので、その旨の連絡を入れる。世界を回る船に乗りたいという、せっかく私のかつての夢が叶ったというのに残念なことであった。

アルジェリアに出発する前にこの手紙を受け取っていたなら、躊躇することなくノルウェーに飛んでいたのだ。そして世界の海洋を巡っていただろう。船長にはなれないだろうが、船に乗るという夢が叶うところであったのに、これは悪夢であったのか。

料理には作る人の性格が現れる

バトナの一年間の仕事を終え、パリに戻る。以前ポルトガルで知り合ったゴダール家からの「私たちの家に住めばいいよ」というご厚意に甘え、パリ郊外に住んでいる彼らの家の一部屋を借りることになった。

その後、アルバイトの話があったので引き受ける。日本からパリにやって来る有名な舞踏家の大野一雄一座の雑役である。しばらく大野一座に付き合うことになる。当時、大野氏は七〇代で、彼は女装をして一人でスペイン舞踊を踊るのである。

私は彼にスポットを当てて、ライトを調整するフランス人技師とともに照明係をするのだ。といっても、主に道具運びである。まさに雑役だ。

ある夜、ゴダール家でパーティをすることになった。やってきた一五人のメンバーは、ほとんどがポルトガルで知り合ったフランス人だったので、再会を喜び合う。私はパートナーとしてダンサーのマスコさんを連れていき、皆に紹介した。

私が料理を担当した。皆の要望は、刺身、寿司、てんぷらである。ポルトガルにいたころに私が作ったのが、皆さんにとって初めての和食だったのだ。それを覚えていてくれたのである。

食後に、マスコさんがこんなことを言い出した。

「池田さん、知ってる? 料理というのは、その人の性格が反映されるのよ。この料理には、まさしく池田さんの性格が出ているわ」

これは驚くべき発見である。

この日以来、作った人の性格はどうか、という視点で料理を見るようになった。そして、次第にかなりの確率で料理人の性格を当てることができるようになったのである。それまで料理の味にその人の性格が出るとまで考えずに料理をしていたので、彼女のこの新しい発見に感謝する。

たとえば意地悪そうな奥さんの家に招待された時、彼女の作った料理も意地の悪い味である。外見上、人のよさそうな顔をしている奥さんの料理でも、味には冷たい性格が出ているのだ。たとえ外見がイマイチの女性が作ったものでも、その人の人柄のよさが料理に反映される。

読者の皆さんは笑うかもしれないが、本当のことなので気をつけてくださいね。

ボローニャのスパゲッティーボロネーズに落胆

ポルトガルで知り合ったトウシェーから電話があり、

「商用でイタリアに行くが、一緒に来るかい?」

というオファーを受け、喜んで行くことにする。というのも、まだ次の仕事が決まっていないからだ。


彼はフランスに戻ってきてからはセールスマンをしており、今回はイタリアにタイルの買い付けに行くという。私にとっては何年ぶりのイタリアであろうか。

彼の運転でフランスとイタリアの国境にあるモンブラントンネルを抜けると、そこはもうイタリアであった。かなりの雪が降り、寒さも厳しい。


税関を通過するとき、記念にパスポートにスタンプを押してもらおうとするが、税関吏に、

「スタンプの必要はないから、通過していいよ」

と断られる。記念なのでといってもどうしても押してくれない。

「ここは国境だけれども、街中を通過するのと同じで出入りは自由にしなさい」

ということであろう。それならなぜパスポートを見せろというのかわからない。

南下してボローニャの町へ向かう。ボローニャの先二〇キロメートルほどにあるタイルを生産している村を目指しているのだ。そのために、ボローニャに一泊する。皆さんご存じのスパゲッティーボロネーズで有名な町である。

ぜひその一皿を食べてみたいと思って町中を歩くと、ある一軒のレストランが目に飛び込んできた。店の中をのぞくと、たくさんのお客が舌鼓を打っている。これだけ人が集まっているのだから、料理も期待できるだろう。

トウシェーと店に入り、スパゲッティーボロネーズを注文する。ところが、期待は裏切られてしまったのだ。

スパゲッティーは茹ですぎ、味はド素人が作ったよう。腹が立ったが、人さまが作った料理には寛容な私である。ボローニャの町といえどもこのような料理を作っているのか、と諦めざるをえなかった。

トウシェーはステーキを注文したが、

「なんだ、これはチューインガムを食っているのと同じではないか！」

とお冠であった。私たちが入った店が悪かったのか、ほかに本物を食べられる店があるのか。もっとも二日しかいかなったので、ボローニャの店を批判するのが間違いであろう。ボローニャの皆さん、ご免よ！

翌日、タイルの村へ向かう。冬場とはいえ、暗い暗い村であった。おそらくタイルを焼く煙が空に混ざっているのだろう。

「冬にはまったく青空を見ることがない」と村人は言う。この村に生まれ育った人たちは、いったいどのような生活をしているのだろうか。「これが私たちの世界だ」と思っているのだろうか。

この村で採れる土がタイル造りに適しているのだそうで、日本にも輸出している。手作りの作品を一つ購入したい気持ちに駆られるが、自分の家もなく貼る場所がないのでやめておく。

トウシェーのビジネスもすみ、明日はミラノに向かうという。一刻も早くこの暗い村から立ち去りたかった。

マルセイユ風ブイヤベースの作り方

おしゃれの町ミラノである。ここは雲一つない青空が見え、昨日とまったく違う別天地であった。そこの仕事を終えて、次に向かうのはフィレンツェである。

昼間は、忙しいトウシェーと別れて、私は一人でピサの斜塔を見に行った。夜にはトウシェーと合流して、有名なステーキハウスに行く。二人とも期待で胸が膨らむ。

テーブルに運ばれてきた二皿のステーキは、なんと大きいことか。六〇〇グラムほどありそうだ。それだけでも私たちの期待に応えてくれる。

そのステーキの大きさにもかかわらず、私たちは完食した。塩とコショウだけで食べたのだが、それもまたオツなものであった。トウシエーは「もう満腹だよ」といって腹をさすっている。これだけ食べれば充分である。

トウシェーの仕事も終わり、翌早朝にフィレンツェを出発し、地中海沿岸に沿って帰る。ジェノバ港、音楽祭で有名なサンレモ、モナコ公国、ニース、カンヌ、ホテルで働いていた懐かしいトゥーロン……そして、マルセイユで一泊する。この地中海沿岸は、私にとってさまざまな思い出のある場所であった。


マルセイユで、久しぶりに名物のブイヤベースに舌鼓をうつ二人である。

ブイヤベースには、二通りの作り方がある。一つ目は、小魚などを煮込んだのちに、ミキサーにかけて出汁《だし》を取る方法。二つ目は、魚の骨だけを利用して出汁を取ったあと、漉《こ》すのである。この店では前者の方法を取っていた。私の好みでもある。

二人には充分な量のブイヤベースだったので、息もつかずに腹の中に詰め込んでいくのであった。トウシェーが、

「しかし少し塩がきついなぁ」

という。私もそう思う。彼はフランス北部のベルギーとの国境沿いにあるリールの生まれ

である。南仏の人々にとってちょうどよい塩加減でも、北部出身の人たちには塩味がきついと感じられるのだと思う。これは生まれ育った環境の違いであろう。

翌日、マルセイユを早めに出発し、パリに向かう。

パリのゴダール家に戻ると、事務所から連絡が入っていた。

「池田さん、またアルジェリアの仕事がありますが、行きますか？」

「もちろん、お願いします」

次の工事現場は、海岸に面したスキクダという町だという。

一九八二年三月、ゴダール家の皆さんとお別れの挨拶をする。

「マサオ、次はいつパリに戻ってくるんだね。その時はまた我が家に泊まればいいからね」

と温かい言葉をくれる。ゴダール家の人々に感謝しつつ、空港を後にしてアルジェに向かう。機内はいつものように羊の臭いが充満している。おそらくこの臭いは消えることはなく、たくさんの出稼ぎの人々（私もその一人だ）を乗せて、地中海の空を飛び交い続けることだろう。

羊の丸焼きをこっそり食べる

首都アルジェのウアリ・ブーメディアン空港からバスに乗って海岸線沿いの道でスキクダの町に向かう。五時間ほどで到着した。ここでの仕事は海水を真水に変えるコンビナート工場の建設である。

ある日の午後、現地スタッフに招待された。町から離れた松林の中で、バーベキューをするという。羊の丸焼きである。

四時間ほどかけて焼く羊の丸焼きは、柔らかく実に旨い。何もいらない。ただただ焼いた羊を手づかみで食べるのだ。これが料理の原点かもしれない。

参加者は一五名。この大きな羊の丸焼きを、皆で食べるのだが、ナイフやフォークを持参する者は一人もいなかった。ではどうやって食べるのか。

それぞれ神に与えられた両手を持っているので、その手を利用して自分の好きな部分から肉をはぎ取って、

「熱い！　熱い！」

と言いながら食べるのである。手で食べるのが一番旨い方法で、それをアフリカの人たちはよく知っている。もっとも北アフリカの人たちは、アフリカ人と呼ばれるのを好まない。

すると驚いたことに、みんな車からビールをとり出してくるではないか。アルコールはイスラム教では御法度である。松林の中という、人目につかないところでバーベキューをするのには理由があったのだ。イスラム教では御法度のアルコールを飲むためである。

しかし、ここは他のイスラム圏とは違い、アルジェリアである。ここはある意味では寛容な国である。自国でワインの栽培をしてワインを作り、フランスに輸出しているほどなのだ。それでもやはり飲むのはまずいのだろう。ではアルコール好きな連中が、みんなで一緒に飲めば怖くないということか。他人に飲んでいるところを見られなければいい、という寛大さ。まあみんな共犯なので、アラーの神が怖くないのかもしれない。

いずれにしても、一杯のビールが飲めるなら、私にとっては楽しいパーティであった。

「おーい、マサオ、遠慮しないで飲めよ！　チン　チン　ボートル　サンテ！（乾杯！　乾杯！　そして乾杯！）」

今日は女性はいなくて、男だけのパーティなので安心して飲めるのだ。しかし、このようなパーティ（密会？）には、ぜひお嬢さん方にも出席してもらいたかったのに、残念である。

半年後、休暇で帰国する。通訳会社に顔を出すと、こう告げられた。

「池田さん、現場から連絡があって、君の契約は終わったよ」

偽通訳がばれてしまったのだ。あの現場には戻りたくなかったので、「よかったなぁ」とほっとした。

しばらく東京のアパートでのんびりしながら、通訳仲間と飲み歩く。すると一カ月ほどたったころ、ある新聞記事が目に留まった。それは、ケニアの首都ナイロビにあるスワヒリ語学院で、一五期生の生徒を募集中というものだった。

「これだ！　これでまたアフリカに行くチャンスがある！」

私はさっそく学院に連絡した。面接に来てほしいというので、二日後に出向いて星野芳樹校長から面接を受けた。

「君はちょっと年を取っているが、経歴が面白いから合格だよ」

と、その場でアフリカ行きの切符が手に入ったのだ。


これで私の気持ちが落ち着いた。田舎に電話をすると、お袋さんは、

「おや、また外国へ出かけるのかいのぉー。日本に落ち着いて結婚でもしたらどうだい。でも、お前は日本に落ち着けない性分なのかもしれないね。もしかしたら、ケニアから孫を連れて帰って来るかもわからないのぉ。池田家で初めての外国人の孫を、私の腕に抱く機会があるかどうか分からないけれど、まあ、どこにいても元気でいればいいさ」

と言うのである。お袋さんの夢を叶えてあげたいが、いつのことやら分からない。

スワヒリ語学院の入学費は、全部で五〇万円である。往復の航空運賃、半年間のナイロビ

での宿泊代、食費、授業料込みである。そして一年間の学生ビザが取得できる。こうして、私はまたアフリカの土を踏めることになった。

ケニア訪問は、一九七二年以来、一一年ぶりである。こうして私の旅はまだ続くのだった。

第四章

おいらの嫁さんケニア人

（1983年3月〜1996年4月）

ケニア・スワヒリ語学院に入学し、再びアフリカへ

一九八三年三月下旬、家族に見送られて羽田空港を発つ。今回は、パキスタン空港でカラチに一泊し、その後ケニアに向かう。機内はほぼ満員である。その一部を占めるのが、将来に夢を馳せる私たちケニア・スワヒリ語学院（通称　星野学院）の新入生男性六名、女性六名である。

私がこの学校に応募したのは、一年間の学生ビザが得られるからであった。ケニア・スワヒリ語学院は、日本アフリカ文化交流協会の事業の一環として一九七五年（昭和五〇年）に開校された。日本とケニアとの交流を図るのがこの学校の趣旨のため、参加者は年齢を問わずだれでも歓迎するというのである。そのため、生徒の年齢がまちまちなのも、この学校の特徴だった。

この年は、三〇数名の応募者がいたという。その中から選ばれた老若男女の生徒たち。もっとも年齢の高いのは私で四〇歳、もっとも若いのは一八歳のトモコちゃんである。

いったいどのような学院生活になるのか楽しみである。

ナイロビのジョモ・ケニヤッタ国際空港に足を下ろすと、急に懐かしさがこみあげてきた。

一年ほど前、私は旅行者としてケニアを訪れている。しかし、まさかナイロビを再び訪れることになろうとは思いもしなかったが、こうしてまたアフリカの大地に足を踏み入れたのだ。

アフリカには、

「一度アフリカの水を飲むと、アフリカに戻ってくる」

という諺がある。その諺通りになったのだ。

他の生徒たちは、初めてのナイロビに興奮気味である。

「ナイロビってこんなに涼しいところかしら。まるで軽井沢のようね」

などと話し合っている。三月であるが、南半球は日本と逆で夏である。しかし、日中こそ気温は高いがすっきりとした暑さで、夜は温度が下がって意外にも肌寒さを感じるほどだ。蒸し暑さはまったくない。ケニアの首都ナイロビは、標高約一六〇〇メートルに位置するのだから、この涼しさには納得である。

税関を出ると、校長が笑顔で私たちを迎えてくれた。

「皆さん、ようこそナイロビへ」と、一人ずつ握手する手に温かみを感じる。空港を出てバスで町に向かうのだが、道沿いの柵の中には、キリンやシマウマが走り回っている。このあたりは国立公園に隣接しているため、動物たちがいても不思議ではない。しかし、生徒たちは大興奮である。

市内を通り抜け、ナイロビ病院のすぐそばの学院に到着すると、そこには校長の奥さんと女性のケニア人スタッフが三人で出迎えてくれた。学院といっても、普通の一軒家に少々手を加えただけのものである。女子生徒たちはこの院内に宿泊し、私たち男子生徒は少し離れた場所にある一軒家に寝泊まりするのである。

翌日、改めて校長夫妻を囲んで挨拶を交わし、学院で働いている女性スタッフを紹介される。この夜は顔合わせということで、生徒全員とスタッフと一緒に、すぐそばのホテル内のディスコに繰り出すのだ。

当時は、五〇〇ＣＣのビール一本が七シリング（約七〇円）であり、政府が値段を管理していたためか、どこのバーやホテルで飲んでも同料金であった。ボラれる心配がないという良き時代であった。

この夜、このディスコで私は生涯の伴侶となる女性を見つけることになる。

生涯の伴侶となるケニア人女性と出会う

充分ディスコで楽しみ、帰り際に私たちは三人の女性スタッフの飲み代を払おうとした。するとと女性スタッフの一人が、

「私の飲み物代は、自分で払います」

と言ったのだ。こんな時、男性が払うのがあたりまえと思っている女性が多いのに、彼女は違った。この一言に、私の心は惹きつけられた。当時の彼女たちの給料は、わずか四〇〇シリングであり、他家で働くお手伝いさんより低い金額であった。

彼女の名前はワンジルといい、ケニア最大の部族であるキクユ族の出身である。この学院で調理を担当していた。この時から、私と彼女との付き合いが始まった。人目を忍んで彼女とデートを重ねるようになったのである。

彼女には一歳になるスティーブンという息子がいた。彼女の恋人は、一九八二年のケニア空軍によるクーデター未遂事件に巻き込まれて亡くなったとのことであった。

スティーブンを連れた三人でデートを重ねるうちに、将来は彼女と息子のために何かしてやりたいと考えるようになった。彼女は、

「私に近寄ってくる生徒たちはたくさんいたわ。でも、私が興味を抱いたのはあなただけ」

と言うのである。それで充分であった。この時彼女は二二歳だった。

学院に籍を置いたものの、語学音痴の私はスワヒリ語も上達しなかった。授業は午前中だけだったので、午後は自由時間である。社会見学といって、生徒たちと市内のあちこちを歩き回った。そして、夜の楽しみはあちこちのバーを飲み歩くことであった。

授業はスワヒリ語、英語、ケニアの歴史などである。英語の女教師はケニア生まれのイギ

リス人で、謹厳そのもの。彼女は一度も時間に遅れたことがないという。

息子スティーブン（当時１歳）との出会い（1983 年）

歴史の授業では、ケニアの過去を学んだ。

一九世紀にイギリス人たちがケニアに腰を据えたのは、ある偶然からであったという。彼らの目的は、ウガンダに行くことであった。ウガンダにはイギリス人たちが欲しいものがたくさんあった。おそらくは、鉱物資源であったろうと思われる。

そのためには、ケニアの国内を通過するのが近道であったが、ツァボ国立公園を横切るためには猛獣たちと遭遇しなければならず、そのために多くの人命が失われた。そのため、危険を避けてタンザニア経由でウガンダに入るようにした。

しかし、数年後には列車を利用するということを思いつき、一九〇一年にはケニア最大の港町モンバサ港からケニアの内部キスムを結ぶウガンダ鉄道が開通した。そしてナイロビに立ち寄ったところ、高地で涼しく「何と気候のよいところなのだ」とみんなの意見が一致。「ナイロビ」とは、マサイ語で「水が美味しい場所」を意味するという。やがて一九二〇年にはイギリス直轄の植民地になったのである。

この鉄道工事には、原住民の労働力では安定しないため、イギリスの植民地であるインドからたくさんのインド人が連れてこられた。その人数は三万人以上になるといわれている。インド人移民たちは、その後ケニアに代々住みつき、やがてビジネスを牛耳るようになる。

『愛と哀しみの果て』（原題は『アウト・オブ・アフリカ』）という一九八五年（昭和六〇年）公開の映画がある。主演はメリル・ストリープとロバート・レッドフォードで、アカデミー賞作品賞を受賞した。これはカレン・ブリクセンの半生を描いた小説『アフリカの日々』を原作として作られており、この映画を見ると一九〇〇年前半のナイロビの姿を垣間見ることができる。

『愛と哀しみの果て』の主人公であるデンマークの女性カレン・ブリクセンは、アフリカに移住し結婚してコーヒー農場を経営するが、その結婚生活は不幸なものだった。恋人とも破綻したあげく、彼は飛行機事故で死んでしまう。すべてを失い、カレンは故郷のデンマークに帰るのであった。

現在、原作者のカレン・ブリクセンが住んだ農場の家は、「カレン・ブリクセン博物館」

としてナイロビの観光名所となり、たくさんの人々が訪れている。館内には、一九〇〇年前後のナイロビの様子の写真などが展示されている。

日本とナイロビの橋渡しをしたムゼー星野

夕食後、暇を持て余している男性たちは、時々院長の星野先生に連れられて、すぐ近くのホテルグローヴナに一杯飲みに行く。星野先生は、普段は「ムゼー星野」と呼ばれている。ムゼーとは、スワヒリ語で「老人」という意味である。

ムゼー星野は、どこに行っても「顔」なので、夜の蝶のお姉さん方が、

「ムゼー、こんばんは！　元気ですか？」

と声を掛けながら通り過ぎてゆく。

「おー、君たちも元気かいなー。今晩は私のところの新入生たちを連れてきているので、よかったら話し相手になってくれんかのー」

と、ムゼーが親切な言葉をかけてくれる。すると、お姉さんたちは「よっしゃー」とばかりにターゲットを絞り始める。私は知らん顔で飲んでいるので、ターゲット外であった。

ムゼー星野、本名星野芳樹は、一九〇九年に群馬県沼田市で生まれた。旧制高校時代より左翼運動にのめり込み、非合法運動で検挙され、出獄後は上海に渡って中学校の建設や引き

揚げ促進運動などを手掛けた。一九四七年に初の参議院選挙で労働者農民党から当選、一期を務めた。その後、静岡新聞に入り、編集主幹となる。

そのころからたびたびアフリカを訪れ、アフリカ専門記者として先駆的な役割を果たしている。定年退職後に夫婦でケニアのナイロビに移住し、日本とナイロビの橋渡しをしようと、一九七五年には日本から若者を招いてスワヒリ語を教えるケニア・スワヒリ語学院、通称星野学院を建設したという、波乱万丈の人生を送っている人だった。

毎週日曜日には、私たち一五期生たちはムゼー星野に市内や郊外を案内してもらうのだが、彼の交際範囲は広く、上はのちに大統領になるウフル・ミガイ・ケニヤッタ氏の父親とそのブレーンたち、そして下は町の夜の蝶のお姉さんたちまで網羅しているのだ。

どこに行っても、

「ジャンボ、ムゼー、カリブ、カリブ（こんにちは、おじいさん、ようこそ）」

と大歓迎を受ける。そんな人柄なので、学院の門は開けっ放しであり、誰も彼のところを襲う輩はいなかったという。

学園生活最後にスワヒリ語劇を上演

時々、ワンジルと息子のスティーブンを連れて映画館に行く。この日の映画は、『スプラッシュ』という人魚姫のストーリーである。

映画を観終わると、彼女は興奮して、

「私の生まれ故郷の川に、人魚姫がいるのよ」

と言うではないか。彼女の生まれ育ったのは、ナイロビから北へ八〇キロメートルほど離れたサガンナという小さな町である。サガンナは、ナイロビからニエリという大きな町に向かう途中にある小村だ。実家のすぐ裏にはタナ川が流れており、この川から水をポンプで吸い上げて畑の水として利用している。

その川には大きな岩が突出し、その上に人魚姫たちが出る。村人たちは岩の上に出る人魚姫たちに誘惑され、川の奥深くに連れていかれ戻ってこないという。私はそんな話は信じないが、彼女に限らず、その伝説を信じている人々が意外にもたくさんいるのだ。

彼女が帰郷するのに同行した時、私もその風景を眺めたことがあるが、そう言われてみれば、いまにも人魚姫が出没しそうな雰囲気だった。以前、ザイールに行った際にも、同じような話を聞いたのを思い出す。

そうやって三人のデートを重ねているうちに、卒業の日が近づいてきた。卒業する時にはお客を招いて生徒全員でスワヒリ語劇を上演するのが、この学院のメイン・イベントとなっている。学んだスワヒリ語の成果をケニア人に見ていただくのだ。

私はセリフの少ない役をやらせてもらう。記憶力の弱い私には、長いセリフを覚えるのは無理だからだ。

いよいよ卒業劇の日がやってきた。たくさんのケニア人が見物に来ていたが、その中には女性たちを狙っている狼が何匹か混ざっているようだった。その毒牙にもかかわらず、卒業劇は無事終了した。

劇を終えてから、ムゼー星野夫妻を囲んで最後の晩さん会をする。

「みんなどうだったかね、半年間の学園生活は？　これから皆さんは、それぞれ別の道を歩むことになるが、残りの半年間、今まで習ったスワヒリ語を駆使してケニアの生活を充分楽しんでくれたまえ」

とムゼー星野からはなむけの言葉をいただく。これから生徒たちは、帰国する者もいれば、残りの半年間でケニア各地を訪れてみたいという生徒もいる。私のように半永久的に残る者もいるが、少々淋しい気持ちになるのだった。

学園で知り合った家具職人のワンヨイケ氏が、

「イケダ、もしよければ私のアパートにくればいいよ」

と言ってくれたので、他の生徒二人とお世話になった。

彼はジョモ・ケニヤッタ農業大学で学び、その後、ＪＩＣＡ《ジャイカ》（国際協力機構）の研究生として一年間日本で学んできたという。そのため、日本人を懐かしく思ったのかもしれない。

しかし、いつまでも世話になるわけにもいかないので、一カ月後には市内にあるＹＭＣＡに一部屋を見つけて入った。そこを拠点に、私はケニア国内を旅して過ごすことにする。

温かく見守ってくれていた母の死

ケニアでのビザ切れの期間が迫っているので、どうしようかと思っていた矢先、アパートの隣人のＯさんが三菱重工の社員を紹介してくれた。

「ナイバシャ湖の奥地で地熱発電の仕事を受けているのだが、そこでアルバイトをしませんか？」

と言うのである。ナイバシャ湖は、ナイロビから一〇〇キロメートルほど北西にある湖である。私はどうしてもケニアに残り、ワンジルと息子のスティーブンのためにも共に生活することに決めていたので、この話は渡りに船であった。

一時帰国して、東京のアパートにある荷物をまとめ、再びケニアに戻ることにした。

静岡県天竜の実家に戻ると、母親は病院に入院していた。兄の話によると、もう退院することはないだろう、ということだった。この時七二歳、老衰である。

病院を訪れて最後の別れをするが、母親はすでに私が誰だかわからない様子だった。ただ私をうつろな目で眺めて一言も発しない。腕を取ると、痩せこけてしまっている。おそらくもう長いことはないだろうと思われた。

「母さん、俺はこれからまたアフリカに行くけれど、母さんも長生きしてね。元気になったらアフリカに呼んであげるから、楽しみにしていてね」

そう声を掛けるが、母は私の顔を見つめているだけで、もうまばたきもしないのだった。大家族を支えてくれた母親に、父との夢であった海外旅行で私を訪ねてくるという夢をぜひかなえさせてやりたかったが、残念だった。これが母親との最後の別れとなった。

四週間後、ケニアにいる私のもとに母親の死亡通知が届いた。私は葬式にも出席できず、親不孝な息子であった。

「母さん、ありがとう。母さんの子どもの一人として、感謝しています」

ケニアから、母の冥福を祈るのだった。

ナイロビに戻り、恋人ワンジルと再会

ナイロビに戻って、星野学院に顔を出す。ワンジルが、

「信じられない！」と驚く。

アパートの裏庭でスティーブンとバーベキュー

「まさかマサオが帰って来るとは思わなかったわ」

と抱き着いてきて、大雨のキスが降り注ぐ。スティーブンも駆け寄ってきた。

「マサオ、ジャンボ！」

久しぶりの対面であった。彼女たちのうれしそうな顔を見て、

「これからこの二人のために、褌を締め直してかからねば」

という気持ちになる。

そして、三菱重工の仕事でナイバシャ湖の奥地にある発電所に向かう。現場のある所はグレート・リフト・バレー谷が深く切り込んでいて、アフリカ南北を縦断している。マサイ族によると、その谷底にはヒョウが棲息しているという。ただ、彼らは実際に見たことはないらしい。

この谷は毎年少しずつ広がっていて、数千万年後にはアフリカ大陸を二つに分裂させるかもしれないとも言われている。

職員に連れられて夜のサファリに連れていかれるが、何となく不気味である。電気もなく真暗闇の中をジープで走り回るのであるが、ジープのライトに照らされて至るところに炎が動いているように見える。それはなんと動物の目であった。その光る目を目指してジープで追いかける。

猛禽類はおらず、キリンやシマウマ、シカ類だけであったが、追い回すだけで捕まえようなどという気を起こさないところがいい。もっとも、捕まえようとしても捕まるような動物たちではない。

また別の日には、午後、庭に出て椅子でうつらうつらしていて目を覚ますと、目の前に三メートルほどもあるブラックコブラが散歩しているのだ。驚いて近くにある長い棒を手に取り、

「さあこい、いつでもいいぞ」

とこの難敵を退治しようと構えた。すると殺気を感じたのか、コブラは全速力で逃げ始めたのだ。コブラが近づいてきた時には眠っていたのが、幸いしたのである。コブラは人の目を目掛けて毒液を飛ばし、液が目に入ると失明してしまうという。

コブラは素早く穴を見つけ、その中に潜り込んでしまった。しかし、私一人だったので、

もし向かってこられたら勝負はどうなっていたかわからない。

ケニアで鴻池組の食事作りをする

ナイバシャ湖の三菱重工のアルバイトも終わってぶらぶらしていると、友人から連絡が入り、「建設会社の鴻池組でアルバイトしませんか」と誘われた。今度はこれに応じることにする。鴻池組の仕事は、ケニア国内三カ所でサイロ（穀物貯蔵庫）作りの手伝いである。本部はナクル湖のあるナクルの町にあり、二カ所目はビクトリア湖のある湖畔の町キスム、三カ所目はウガンダとの国境沿いにあるブンゴムの町である。

ナクル湖はナクル湖国立公園の中心部であり、世界遺産の一部にもなっている。ビクトリア湖は、アフリカでもっとも広く、さらに世界でも第三位を誇る湖水面積を持つ。

私はそのうち三カ所を回って各現場で食事を作ることになる。しかし、この仕事は将来の自分の仕事につながることになるのだった。

サイロとは食物貯蔵庫のことで、高さは約三〇メートルほどもある。技師によると、いったんサイロを作り始めると途中でやめることはできず、でき上がるまでほぼ一カ月間は不眠不休になる。徹夜作業のため、技師の人たちは交代で仮眠を取るのであって、このような工事はかなり体力を消耗するという。

ワンジルとは生活を共にするようになっていた。まだ正式に結婚してはいないが、もう家族同然であった。もちろん、息子のスティーブンも一緒である。

そのような仕事だったので、長い間家族と会っていなかった。それでナイロビよりワンジルとスティーブンを宿舎に呼び寄せることにした。二人が到着すると、私は社から車を借りて三泊四日の小旅行に出かけた。

まずは、ナクル湖一周の観光である。スティーブンは、バブーン（ヒヒ）、シカ、シマウマ、ゾウ、水牛、そしてフラミンゴなどを見て興奮し、喜んでくれた。ケニアに住んでいても、ナイロビのような都会で生活していると、これらの動物を見るのは珍しいことなのだ。

次の日は、ナクルの町より北にあるボゴリア湖公園まで、職員に案内してもらう。この湖は、立派な温泉街ができるほどの高温の温泉水が豊富に湧き出ている。しかも強アルカリ塩泉で温度が高いので、温泉卵ができる。私たちも持ってきた卵を温泉に入れると、一〇分ほどで立派なゆで卵ができ上った。そのゆで卵を食べてみると、これが一味違う旨さなのだ。

しかしなぜ、この一帯の住民は温泉水を利用して温泉街を作らないのか、と考えるのは私たち日本人だけであろうか。日本だったら一夜にして温泉街を作ってしまうだろう。

スティーブンは、

「お父ちゃん、この臭いは何なの？　こんな臭いは初めてだよ」

と不思議そうである。

「日本では、このような熱いお湯を病気の人たちの回復に利用しているんだよ。そして、温泉街という町を作って、観光客を呼ぶんだよ」

「ふーん。そうなの」

分かったのかな？　やがて楽しかった旅行を終え、家族はナイロビに帰っていった。

ある夜、

「池田さん、今晩ディスコにでも行ってみるか」

と職員の人たちから誘われ、心もうきうき、市内のディスコに繰り出した。

すると翌日、お母ちゃんから電話がかかってきた。

「おとうちゃん！　昨夜のディスコは楽しかった？」

それを聞いて、私は一瞬ギクリとした。なぜ彼女が私がディスコに行ったことを知っているのか？　それは、お母ちゃんがこの町にスパイを送り込んでいたからだった。ディスコで私を見た００７がお母ちゃんに電話で伝えたのだ。

まあ、スパイというのは大げさだが、私を知っているお母ちゃんの友人たちがこのディスコに出入りしていたのであった。私は何もやましいことをしていないので、平気である。

人生を変えた宮沢所長との出会い

ナクルの現場を発ち、次の現場キスムの町に向かう。鴻池組の配慮で宿泊はホテルである。ある日、夕食時にホテルのマネジャーがテーブル席に来て、

「ミスター・イカダ！（どうしてもイケダと発音できないのだ）あなたにお願いがあるのですが、次の土曜日にこのホテルで料理を作ってくれませんか？」

と言う。私がコックだという情報を得ていたのだ。料理は和洋中混合のビュッフェスタイルである。「日本人スタッフはみな無料で」という条件を出し、私は久しぶりに腕を振るったのであった。

翌日、再びマネジャー氏がやってきた。

「ミスター・イカダ、あなたさえよければこのホテルで働いてくれませんか」

提示された給料を見ると、いかんせん超安給料である。鴻池組でも給料というほどの給料はもらっているわけではなかったが、

「鴻池組との契約があるので、このホテルで働くことはできません」

「そうですか、それは非常に残念です」

と、この時ばかりは「ノン」の返事をし、この申し出は断った。しかし、これが私の人生の別れ道であったのだ。この時ホテルで働いていたら、私は違う人生を歩んでいたかもしれ

ない。

三週間後、ナクルの現場に戻ると、タンザニアの現場から、鴻池組の宮沢義己所長が現場に来ていた。宮沢氏は私と同郷の静岡県沼津市の出身であり、親しみも湧いて話も弾む。彼との出会いが、これからの私の生活をよい方向に変えてくれることになるのだった。

「池田さん、次はタンザニアの私の現場に来てくれませんか。キリマンジャロ山麓のすぐ近くの小さな村で畑を作る工事なのですが、私の現場では職員の皆さんに美味しい食事を食べさせたいのです。何もない寒村なので、食べるだけが楽しみですからね。ぜひ来てください。そうすれば職員の皆さんにも喜んでもらえるし、工事もはかどるというものです。池田さんの給料は、責任を持って弾ませてもらいます」

そこまで頼まれれば、恩義を感じるというものである。どこかのホテルのマネジャー氏とは、考え方に雲泥の差がある。一般的には、「食事なんてどうでもいいから、料理人は安い給料で働かせろ」という風潮がある。そんな中で、宮沢氏の考え方に賛同した。宮沢氏は、結果的に将来の私に援助する形になったのである。

このアフリカで、まさか宮沢氏のような考え方を持つ人に出会えるとは思ってもいなかったし、彼のおかげで私はどれだけの力を得たかわからない。この朗報のために、ナイロビに家族を残し、再び単身赴任となるのだった。

息子スティーブンが日本人学校に入学

私がタンザニアに行くことが決まったので、しばらくは家族とお別れだ。

「お父ちゃん、相談があるのだけれど、実はスティーブンを日本人学校に入学させようと思うの」

と、お母ちゃん。

「それはグッドアイデアだよ。日本語を覚えれば、何かの役に立つときがくるだろう」

「ええ、そうね、さっそく手続きするわ」

「スティーブン、来月から日本人学校へ入学するが、興味あるかな？　今度はスワヒリ語を話せなくて、日本語だけだよ」

「ウン、かまわないよ。日本語を勉強すれば、将来、お父ちゃんと日本へ行ったときに役立つと思うから」

「キリマニ地区に、新しい家を探すわ。お父ちゃんが帰ってきた時にリラックスできるようにね。楽しみにしていてね」

タンザニアでの仕事が見つかり、これで人並みの生活ができるのだと、お母ちゃんは内心ほっとしているのだろう。

「お父ちゃん、出発前に私の家族を呼んで一緒に夕食をとりましょう。近くの焼き肉屋がいいわね」

人数が多い時には、焼き肉に限る。ニャマ・チョオマという焼き肉店は、美味しいうえに家族みんなでかなりの量を食べられて経済的なのだ。肉は炭焼きで焼いてくれる。なぜかわからないが、この焼き肉が旨いのだ。肉質は少々固いが、これくらいの肉のかたさは、ケニア人にとってはかたいとも思わないのだ。

この時の付け合わせとして必ず出てくるのが、カチュンバリというサラダである。これは玉ネギ、ニンニク、トマト、コリアンダー、辛子をみじん切りにしただけのものである。

そして、ケニアで作られているビールも美味しい。輸入のビールもあるが、ここはケニアである。ケニア産のビールがあれば、外国産は必要なし。

さていよいよタンザニアに向けて出発だ。お母ちゃんとスティーブンに空港まで送ってもらって、しばし別れのキスをする。

「お父ちゃん、落ち着いたら私たちを呼んでちょうだい。楽しみにしているから。タンザニアといえども私たちにとっては初めての海外旅行だから、パスポートを申請しなくちゃね」

そして私は機上の人となった。

タンザニアでダチョウの卵の特大目玉焼きを作る

ケニアの隣国タンザニア連合共和国は、日本の約二・五倍の広さを持つ国である。ナイロビのジョモ・ケニヤッタ国際空港を後にして、モシ市郊外にあるキリマンジャロ国際空港に向かう。

途中、キリマンジャロ山の上空を飛ぶ。空から初めて見る、標高五八九五メートルのアフリカ随一の山、その秀峰に魅了される。山頂には積雪があり、絵葉書そのものの景色である。四五分ほどのフライトで空港に到着。鴻池組の社員と宮沢所長が出迎えに来てくれていた。

「池田さん、よく来てくれました。ウドング村にいる職員の皆さんは、池田さんの来るのを首を長くして待っているんですよ。職員の皆さんには、超超一流のシェフがやって来ると言ってあります。それはそれは皆さん楽しみにしていますよ」

宮沢所長は頭を下げるのだった。とりあえず、モシ市内にある宿舎に入り、カバンの荷をほどくと、何かがおかしいのだ。なんと、時計、カメラ、ラジオがなくなっているのだ。唖然とした。宮沢所長に話すと、「ファファファ」と高笑いするではないか。

「池田さん、早くも洗礼を受けましたね。この空港では、何人もの職員が被害を受けているのですよ。もしこの空港の税関吏に訴えても、永久に戻っては来ません。みんなグルだから、勝てるわけがないんです。つまり盗られ損なんですよ」

鍵をかけておいても、プロの連中に合鍵で開けられてしまうというのである。この事件以来、時計、カメラ、ラジオは持たないことにした。

翌朝、現場のあるウドング村に向かう。途中、左手にキリマンジャロの雄姿が見える。いつの日か登ってみよう。

「着きましたよ！　着きましたよ！」

と所長の一声。本当に何もない村である。話には聞いていたが、これほど何もないとは想像できなかった。

「宿泊用の土地は借りてありますが、まだプレハブの材料が届いていないので、しばらくはこの一軒家で雑魚寝です。我慢してください」

と所長。しかし、この一軒家に二組の夫婦、職員が七人。雑魚寝には慣れているが、これほどの雑魚寝は初めてだ。

一週間後、待ちに待ったプレハブの材料が日本から届いた。総出で組み立てる。私も早く新居に移りたかったので突貫工事を手伝う。三週間で八棟のプレハブが完成した。各棟に二人ずつ入居するが、左右に居間を兼ねた二坪ほどの寝室、中央にシャワー付きトイレ。これで充分である。

別棟に大きめの食堂を作るが、周囲に何もないので、暇に任せて庭園を造る。といってもこの土地は砂漠と同じで、植物はないようなものなのだ。数カ月すると、食堂の周りに緑が茂り始め、ようやく庭園らしい景観になってきた。砂漠の中での生活は気持ちも殺伐としてしまうが、緑があると気持ちが和らいでくるのではないか。

この庭園から下のほうを眺めると、小さな湖があり、その向こう側の広大な土地にはケニアのツァボ国立公園のサバンナと大森林がよく見える。食後、職員の人たちと庭園に椅子を持ち出して、一杯飲みながら昔話に花を咲かせているのもなかなかオツなものである。

宿舎の周りにはまだ電気のない家もあるので、夜空を見上げるとたくさんの星がキラキラと輝いて見える。それはそれは美しい星空である。このような星空は、都会に住んでいる人には想像もできないだろう。

ある日、タンザニアのスタッフの一人がダチョウの卵を売りに来たので購入する。「さてどうしようか」と考えたあげく、目玉焼きを作ってみることにする。しかし、持っている直径三〇センチメートルのフライパンでは小さすぎるので、職員に頼んで現場で使っている鉄板を六〇センチメートル四方に切ってもらって利用することにした。

ダチョウの卵の殻は、土産物として貴重品なので、卵にくぎを刺して小さな穴を開け、そこから中身を取り出す。しかし、穴が小さいために時間がかかる。そうかといって、殻を壊したら土産物にならなくなってしまう。

鉄板がよく温まったころを見計らって、いよいよダチョウの卵を落とす。この大目玉焼きは一〇人分以上はありそうだ。

食べてみると、ちょっと脂が多いかなという大味であった。そこは日本人である。醤油を使って食べれば文句なし。ケーキ用に使用したら美味しいかもしれない。違う料理にも挑戦してみようと思ったが、その後は手に入らなかったのは残念であった。殻は我が家の家宝としてナイロビに持ち帰ることにした。

ケニア人女性ワンジルとの結婚式

ナイロビより家族がくるので、所長の計らいで車を一台都合してケニアとの国境ナマンガまで迎えに行ってもらう。ワンジルとスティーブンにとっては初めての一週間の国外旅行である。といっても、国境を越えただけの隣国なので、彼女たちにしてみたら田舎へ行くのと同じだろう。

ウドング村に無事到着し、久しぶりの再会である。

「お父ちゃん！　久しぶり、元気そうですね」

ナイロビにある日本人学校に通っているので、少し日本語を覚えたスティーブン。到着したはいいが、お母ちゃんは何もない村では寝るしかないのだろう。買い物をしたくても店はないようなものなのだ。

息子のほうはそれなりに楽しんだようだ。宿舎の周りにいる子どもたちと一緒に遊んだので、退屈はしなかっただろう。お互いにスワヒリ語が理解できるというのが、子どもたちの強みである。

ワンジルとの結婚披露パーティにて

一週間の滞在もあっという間に過ぎ去り、ナイロビに戻っていく二人の姿を見送る私の気持ちは少しばかりセンチメンタル。やはり離れるのは淋しいものである。お母ちゃんの話では、スティーブンは日本人学校に入学したおかげで、水泳や音楽を学んだという。「この時期に学んだことが、彼の将来に役立つだろう」と言う。そして、帰り際に一言。
「お父ちゃん、この工事を終了して、ナイロビに帰ってきたら、結婚式を挙げてちょうだい」
やがてウドング村での工事を終え、ようやく家族の待っているナイロビに戻る。そして法務省に出向き、正式に結婚届を提出する。その後、市内のレストランでワンジルの家族と数人の友人だけの披露パーティをする。これからは一人ではなく、正式な家族としてともに生活していくのだ。

「お父ちゃん、僕の名前も変わるのかな？」

「そうだよ、池田スティーブンになるのだよ」

「じゃあ、僕は日本人になるのかな」

と夢見るスティーブンであった。

タンザニアの無人島で豪華魚介類バーベキュー

一週間ほど休んでから、次の現場に向かう。ナイロビから一〇〇キロメートルほど北のギルギルという町で、パイプラインを引く現場である。その後、タンザニアの首都ダルエスサラームの現場の所長となった宮沢氏から再び声がかかり、ダルエスサラームの現場で四年ほどコックとして働いた。

今回は市内の道路工事である。市内中で工事を行うため、鴻池組の名は、いたるところで知れ渡ることになるのだった。ポリスからすら、

「鴻池の皆さん、ご苦労様です」

と敬礼されるときもあるほどだった。その勢いはとどまるところを知らない。

今回はプレハブではなく、トイレ、シャワー付きのしっかりした建物なので快適に過ごすことができそうである。この宿舎にも緑が少なく、自称造園技師の私はブーゲンビリア、バラ、竹などを植えるのだが、砂地のせいか成長は早かった。

現場での日曜日の楽しみは、ダルエス港に浮かぶ無人島の一つに行くことだった。

ある時、職員たちと船に乗って魚釣りを楽しんでいたところ、イカが釣れ、糸を手元に手繰り寄せてくると真っ黒な液体が我々の顔に引っ掛けられた。なんとイカが怒ってスミを吐き掛けたのだ。そのイカは、持参していた包丁で刺身にされて我々の口に入ってしまった。獲れたてのイカのなんと美味しかったことよ。

またある時は、ヨットに乗り込んで八人で無人島に向かった。島に上陸すると、漁師たちが私たちに向かって全力で走ってくる。彼らにしてみれば、私たちは上客なのだ。その上客をよそに取られまいとしているのがよくわかる。

私たちのところに最速のスピードで到着した漁師に頼んで潜ってもらうことにする。

「おーい、おっさんたち、頼んだぜよ！　今日は懐も温かいので、たくさんの魚介類を獲ってきてくれよな」

漁師たちは「懐が温かい」という一言を聞いて、体に力が漲ってきた。一時間ほどたつと、海底に潜った彼らが戻ってきた。浜から両手にいっぱいの魚介類を持った漁師たちが私たちに近づいてきた。大仕事を終えたという安心感が表情に見て取れる。

さて、目の前に並べられた海の幸は――？

ロブスターを筆頭に、金目鯛、ウニ、タコ、シャコ貝、サザエなどがずらりと勢ぞろいである。まさに海の幸の豪華版。

「池田さんや、今日はわしも手伝うからのー。まずロブスター二匹は炭火で焼き、残る三匹は刺身で食おうではないか。ジャパンではロブスターの刺身なんて、高くてまず口にすることはないからのう。そうだろう？」

「池田さん、このロブスターの刺身、上品で旨いのー。こんなに美味しい刺身を食べたのは初めてですよ。噛めば噛むほど味が出てくるとはこのことかな。これなら醤油は必要ないな。これだけでもタンザニアに来てよかった。所長に感謝しなくちゃ、罰があたるよな」

シャコ貝はかなり大きく、開けるのが大変である。しっかりと殻を閉じ、まるで処女を守っているかのようであった。殻は大きいが中身はごく小さいので、堪能するのは無理である。

さて次は、小粒のウニの出番だ。しかし、これが大発見だったのだ。ウニを殻から取り出して食べるのが一般的であるが、そこに火をかけて美味しくする食べ方を見つけたのだ。

まずウニの殻を半分に割って炭火の上に乗せ、少し焙るだけで身に火は通さないようにする。中身はあくまで生である。ただちょっと温めるだけで充分なのだ。そうしたウニをスプーンですくって、口の中にポイポイ放り込む。調味料は何もいらない。これが何とも言えない美味しさなのだ。これが調理の原点かもしれない。

このちょっとした温かみがウニの旨さを倍増させるのを知り、病みつきになった。試みにバケツいっぱいのウニの中身を取り出したところ、ビールのグラス一杯分ほどしかなかった。それほど小粒のウニであった。

「あー、幸せだなぁ……」

歌の文句にあるが、その通りであった。

「皆さん、海の幸に乾杯しましょう！」

みんなの幸せそうな顔、顔であった。

結婚式に出席するため、お母ちゃんがフランスへ

ポルトガルにいたとき以来のつきあいである、フランス人のゴダール夫妻から便りが届いた。

「長男のアントワーヌが結婚するので、ぜひマサオに結婚式に出席してほしい」

というのである。しかし、私はダルエスサラームに来たばかりなので、まだここを離れるわけにはいかない。それで、私の代わりにお母ちゃんをフランスに行かせることにした。それ

をお母ちゃんに伝えると、

「私を代理大使としてフランスに行かせてくれるのはうれしいけれど、フランス語を話せないからどうしようかしら。でも、せっかくのチャンスだから行ってみるわ」

本当のところはうれしくてたまらないのだろう。一昨年は日本に一カ月滞在して、日本の生活を楽しんできたお母ちゃんである。旅行の楽しみ方はお手のものだ。心は早くもフランスに飛び、「これを買いたい、あそこに行きたい」と夢を膨らませているのだ。


二週間後、お母ちゃんはフランス旅行を終えてナイロビに帰ってきた。そして、ダルエスサラームにいる私に電話をくれるのだ。

「お父ちゃん、今帰ったわよ。アントワーヌの結婚式、たくさんの人々が出席してすてきだったわよ。アフリカからの女性も数人いたけれど、みんな西アフリカから来ていて誰も英語を話さないので困ったわ。お互いのコミュニケーションが取れなかったのが、少し残念だったわ」

と興奮気味である。結婚式が終わった翌日には、ゴダール夫妻とパリに行き、「花の都パリ」を満喫したという。

「パリではゴダール夫妻の友人の家に泊まらせてもらったの。そしてパリの街を案内してもらい、エッフェル塔、エトワール広場、シャンゼリゼ通りを回ったわ。そして、セーヌ川のクルーズ船バトー・ムッシュに乗船したの。遊覧船から見たパリの街はとても美しかったわ。パリはいいところね。私は気に入ったわ。

その合間にスティーブンへのお土産をショッピングよ。それでパリ・オルリー空港を出るときには、荷物が制限オーバーしたの。でも、カウンターで頭を何回も下げ、いろいろ事情を説明したら、しぶしぶ認めてくれたわ。税関の人が男性だったからよかったのかもしれないけどね。これが女性の管理員だったらこうはいかなかったと思うわ。女性同士というのは、ある意味では敵対関係にありますからね」

無事ナイロビに帰ったお母ちゃんの「代理大使」の任を解く。彼女の荷物の中はお土産で一杯だったことだろう。ご苦労さまでした。私は一時休暇の時にナイロビに帰って、結婚式の話を事細かに聞くのだった。

お母ちゃんの息子に対する愛の教訓

休暇でナイロビに帰っていた時のことである。ある日、スティーブンがいたずらをして、お母ちゃんの逆鱗に触れたのだ。その時、彼は八歳だった。

お母ちゃんは息子のバンドをズボンから抜き取り、そのバンドで愛のムチを打つではないか。しかも腕にあざができるほど打つのである。息子はその痛さに体を震えさせ、私の後ろ

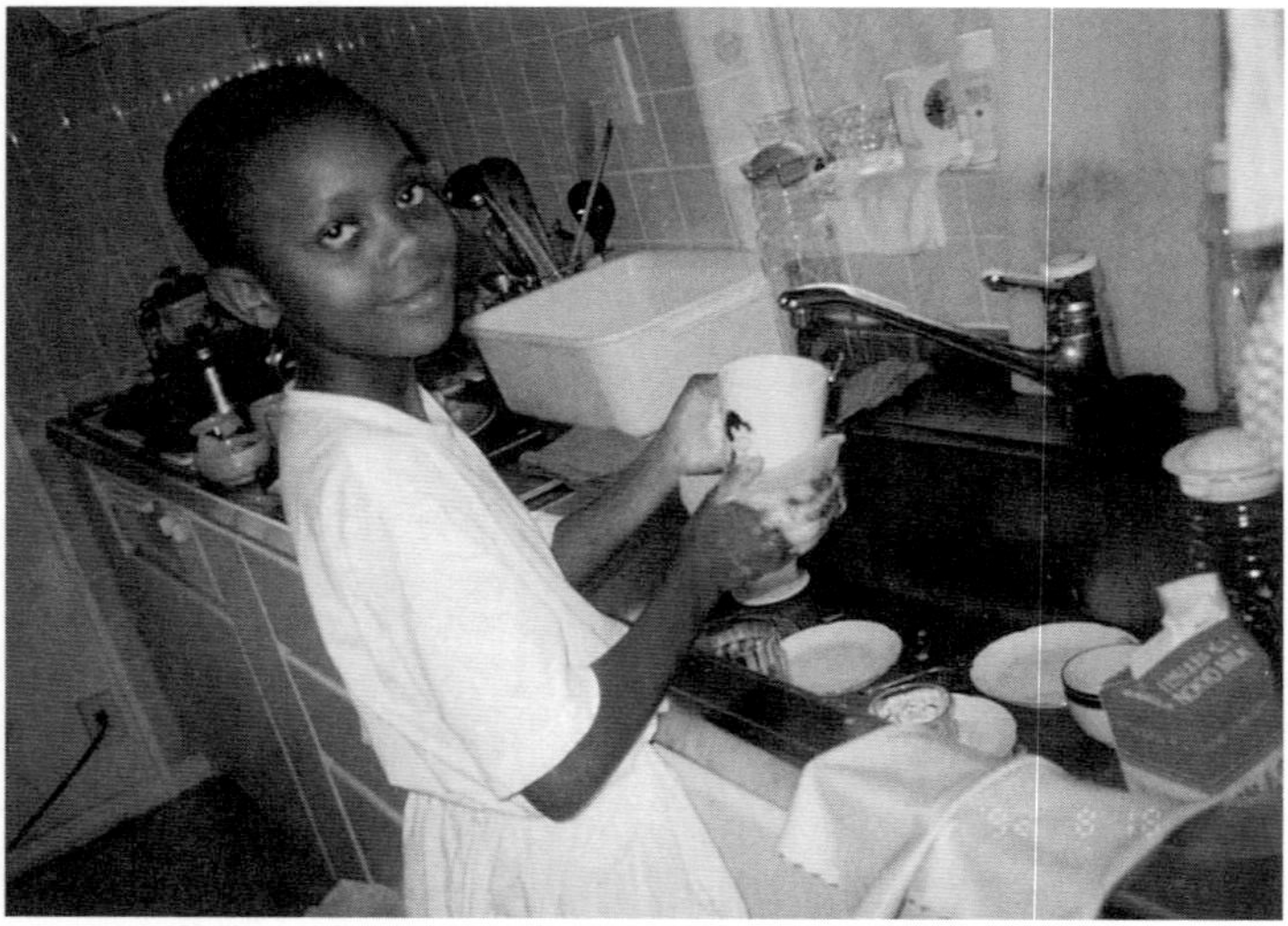
お母さんのお手伝いをするスティーブン

に隠れ、

「お母ちゃん、ごめんなさい。もう二度としないから許してちょうだい」

と泣きながら哀願するのだ。

母親も息子を打つのは悲しかったことだろう。しかし、悪いことは悪いということを、体の痛みで覚えさせたかったのだろう。スティーブンが何をしたかは覚えていないが、こんなとき、息子が私の後ろに隠れるという逃げ場を作ってやらなければならない。もし逃げ道を失ってしまったら、息子はどのような反逆を起こしたことだろう。

悪いことをすれば、自分の身に罰が下るのだという教訓。お母ちゃん自身、子どもの頃にはそのように教育されてきたという。しかし、私が感心したのは、腕にあざができるほど叩かれたにも関わず、その夜は仲良くなって親子で笑って食卓についたことだ。それはお母ちゃんの会話にポイントがあるのだ。もちろん、時には私が仲介役となっている。

それで息子が反感を持つようになると、家庭の崩壊を招く恐れがあるのではないか。放任主義の家庭が多い中、お母ちゃんの子どもに対するポリシーは貴重であると考えさせられた。これがお母ちゃんの息子への愛の教訓であり、大事な日であった。

ダルエスサラームのクワヘリ（さよなら）・パーティ

「池田さん、ここでの工事も終わりに近づいてきたので、盛大にクワヘリ（さよなら）・パーティをやろうよ」

宮沢所長から声を掛けられた。ダルエスサラームに住んでいる日本人の皆さんを招待すると、続々集まってくるのだ。「無料パーティ」に参加しない者はいない。華やかな装いの女性たちもお誘いする。

量だけはたくさん用意して、遠慮なく食べ、飲んでもらった。こんなパーティは日本ではできないだろうな、と思いながら……。

私は宮沢所長に深々と頭を下げてお礼を言った。

「宮沢所長、長い間お疲れさまでした。これでいよいよ所長ともお別れですね。お元気で帰国してください。私はナイロビに戻って一旗揚げてみようと思っています。またケニアに来ることがあれば、ぜひ訪ねてください」

「池田さん。長い間いろいろとありがとう。特に食事にはたいへん気を遣ってもらい、助かりましたよ。職員のみんなに代わってお礼を言います。ぜひ立派な旗を掲げてください。私たちも応援していますから。もちろんレストランが開店したら、ぜひ声を掛けてください。私はたぶん、ダルエスサラームに戻ってくると思いますから、必ず伺いますね」

と、宮沢所長から温かい励ましの言葉をいただく。

一九九六年四月上旬、ダルエスサラームの人々に別れを告げ、私はナイロビ行きの飛行機に乗り込むのだった。

第五章

ケニアでレストラン「シェ・ラミ」開店!

（1996年4月〜2003年1月）

ナイロビに庭付きレストランを持つ

ダルエスサラームよりナイロビに帰り、家族と再会する。

「お母ちゃん、スティーブン、今帰ったよ。ダルエスサラームの仕事が終わったので、しばらく休養さ」

「お父ちゃん、長い間お疲れさん。これからどうするの？」

その言葉に、一瞬ぎくりとして無言。私には休養を与えないつもりのお母ちゃんである。

実は、ナイロビに帰ったら自分の店を開く計画を練っていたのだ。

数日休んでから、お母ちゃんと一緒にナイロビの市内と郊外を走り回り、店の場所を探す。この素晴らしい気候の場所で店を構えることに、このうえない幸せを感じるのだった。それは苦難の道ではあるが、店を持つ者は必ず通る道なのだ。

お母ちゃんと相談の結果、自宅からあまり遠くないキリマニ地区にそれらしい場所を見つける。住宅街の一角に空家の札がかかっていたのだ。家は古く庭は雑木林であるが、私は一目で気に入った。

「お父ちゃんがこの場所を気に入ったなら、ここに決めましょうよ。私はお父ちゃんが喜ぶならそれでいいわよ。私もできる限り助けるから」

自慢の庭で飲む一杯は最高！

お母ちゃんから頼もしい言葉をもらう。さっそく家主と会い、その場で話を決める。お母ちゃんが手伝ってくれるというので、二人三脚で新事業に取り組むことになった。未知のビジネス「レストラン経営」を勉強しようという、お母ちゃんの挑戦である。

土地は半エーカー（約六〇〇坪）という広さ。これでもナイロビでは小さいほうであったが、私たちには充分なスペースである。家賃はひと月七万五〇〇〇シリング（約七万円）。私たちの前に借りていた人は四万五〇〇〇シリングだったというから、だいぶ吹っ掛けられたようだ。

家は古いがペンキを塗り直し、内装にいくぶん気を遣う。客席は二五席である。

その客席から眺める庭には、雑木林の中に特別席のテントが張られる。これこそ私がイメージしたレストランの風景だった。

何より私は雑木林が気に入ったので、なるべく木は切らないようにした。さらに、郊外に行って珍しい木々を集めて植えた。これまでもさまざまな現場で庭を作ってきた私であるし、かつて造園師を目指そうかと思ったほどである。庭造りはとても楽しく、幸せを感じていた。

さて次は、人材集めである。これはお母ちゃんに任せる。面接の結果集まったのは、経験があるという触れ込みながら、プロのレベルにはほど遠い志願者ばかりであった。しかし、他に手だてはない。このメンバーで出発するしかないのだ。いささか不安を感じるため、開店まで一か月間の特訓をすることになった。

店の名前は「シェ・ラミ」とした。フランス語で「友だちの家」という意味である。友人の家に招かれたように、くつろいで楽しんでもらいたかった。私の長年の夢が叶い、庭園（雑木林だが）付きのレストランがこの世に誕生したのだ。

仕事に忙殺される毎日

一九九六年八月六日、いよいよオープンの日である。店のキャッチフレーズは「スリー・

コーナーズ・オブ・ザ・ワールド」。つまり和洋中のフュージョン料理である。初めはフランス料理だけを提供しようと考えていたのだが、「ナイロビには日本人も多いわよ」というお母ちゃんのアドバイスで日本食も加えることになった。さらにナイロビで知り合った中国人の陳さんに弟子入りして簡単な料理を教えてもらい、中華も扱うことにした。

どうやって料理の飾り付けをしようかな

スタッフはさぞ緊張するかと思いきや……緊張していたのは、店長の私自身であった。

さて、開店日から忙殺される。朝五時半に起き、仕込みを始めてから一段落すると、次に待っているのは買い物である。問題なのは、一カ所だけでは材料をそろえることができないために、町のあちこちを走り回らなければならないことだった。

買い物から戻ればランチ時になる

ため、キッチンに立ちっぱなし。ランチが終われば、また不足分を買いに町に走る。そして夕方の仕込みをしてディナーの客に備えるのだ。いやはや、忙しいことこのうえなかった。

スタッフは、プロとは名ばかりでまったく機能しないのだ。オーダーを受けても何をしたらいいか分からないウエイターたち。「このように切ってくれ」と頼んでも満足に作れないコックたち。これから先が思いやられるなぁ。私の目はいつも逆三角形で始終怒鳴りっぱなしである。何度教えてもスムーズにいかない。私のストレスは積もるばかりであった。

作る方も三カ国の料理を作らなければならないため、頭の中が混乱しているのだろう。そんな状況のため、すぐ近くに家があるのにレストランに寝泊まりする羽目になる。そうしないと翌日の仕込みが間に合わないのだ。店は三〇席にも満たないため、すぐ満員になってしまう。広い庭があるので、テントを張ってそちらを利用してもらうのだが、今度は作るほうが間に合わなくなる。

「おーい、遅いぞ、早くしてくれ」

と文句を言われるのもしばしばだった。

鴻池組の皆さんから絶大なる支援をいただき、「シェ・ラミ」を盛り上げてくれたのは感謝するのみであった。

コルドン・ブルーがお気に入りの大使館員

ある日のこと、日本人の若い夫婦がやってきた。ご主人は大使館務めのK氏であったが、一週間も食べ続けてくれたのはコルドン・ブルーという料理である。コルドン・ブルーは、二枚の豚肉にハムとチーズを挟み、パン粉をつけて揚げる料理である。バターで焼いてもよい。自家製のトマトソースをつけて食べる。

「池田さん、これいけますね。初めて食べたけど美味しいですね」

と言って、同じ料理を一週間続けて食べてくれたのは彼だけである。その後も二人で一週間に三回は顔を出して、新しい料理にも挑戦してくれた。他の館員のみなさんにもたくさん紹介してくれたのには感謝している。当店にとって、大事なお客さんになってくれたのだった。

「シェ・ラミ」というフランス語のネーミングからか、多くのフランス人たちが利用してくれた。そのほか客の一人にイギリス人がいて、週に一度顔を見せてくれるが、彼は、

「キュウリのサラダというのを初めて食べたよ」

と言う。まあ世の中、こんな人もいるのかなぁ。

レストランから庭を眺めるのが、私自身の憩いのときであった。雑木林の中にある店、私

が丹精込めて育てたバラも成長している。この庭に花をもたらしてくれたのだ。そして、気候のよいナイロビ。庭にはさまざまな種類の小鳥たちが遊びにやってきて、

「ピーチク、パーチク、おい相棒よ、我々にも良い愛の巣ができてよかったなぁー」

と話し合っているようだ。

「おーい、お前さんたち、家賃を払えよ！」

「フン、家賃を払うくらいなら他の場所に移るよ。いてもらうだけありがたく思え。我々がいれば、お客も増えるだろうから、むしろ我々に出演料を払ってもらいたいくらいのものさ」

その通りかもしれない。店は各方面からの支援が必要なのだ。

父娘の無銭飲食詐欺に遭う

ある日、夕食にやってきた国連に勤めているというデンマーク人の婦人が、食事の後に、

「支払いは小切手でお願いします」

と言い出した。するとお母ちゃんがキッチンから飛び出してきて、

「支払いは現金でお願いします」

と交渉する。お母ちゃんは、小切手など紙きれ同然と思ったのかもしれない。

「いえ、私は国連の職員で、小切手を利用しているので信用してもらいたい。現金は持ち合

わせていないんです」

しばらく押し問答した挙句、

「では一両日中に現金を持ってきます。私の身分証明証を置いていきますから、これで頼みます」

ということで話はついた。これはお母ちゃんの勇み足であったのか。

しかしその後、再び同じようなことがあったのである。食後の支払いという時に、

「ご主人！　このように私は小切手しか持ち合わせていないので、現金払いでなくてはならないというのなら、後日改めて持参します。この電話番号が私のものですから、よろしく」

と、恰幅のいいおっさんに名刺を渡されたのだ。私は小切手を受け取ってしまった。

そのとき、彼の陰から娘さんが小さな声でいうのを小耳にはさんだ。

「お父さん、またなの。お金がないというのにまた小切手で支払いをしようとしているの。お父さんはどこに行ってもこの手を使うから恥ずかしいわ」

娘さんは、私がスワヒリ語は分からないと思ったのだろう。少し嫌な予感がした。案の定、その小切手を銀行に持って行ったところ、彼の銀行口座に残高はなかった。名刺の電話番号に電話を掛けたが、誰も出ない。おそらく他のレストランでも同じ手口で無銭飲食をしている詐欺師親子なのだろう。警察に届け出たところで、高笑いされて片付けられるのがおちだ。

あー、やられたなぁ。お母ちゃんの怒る顔が目に浮かぶ。

「だからあれほど小切手は受け取るなと言ったでしょう」

お母ちゃんが正しかったのだ。ごめんよ、お母ちゃん。

雑木林の中に山小屋風の店を増築

開店二カ月後、お母ちゃんの提案で店を拡張することになり、この工事はお母ちゃんが陣頭指揮を執る。

「市内のあちらこちらの店を回って勉強したから大丈夫よ」

という張り切りようである。

この拡張工事のために、精魂込めて造った庭園が少しずつ削られていくのを見るのは多少淋しかったが、店が手狭になってしまったのだから、ビジネス優先である。

屋根の代わりにモンバサからヤシの葉を取り寄せる。新装されたシェ・ラミは雑木林の中に現れた山小屋風の建物だった。私の好みを汲み取った、お母ちゃんの一級建築士ばりのうれしい出来栄えだった。お母ちゃんに建築技師としての才能があったとは驚きだった。これをたった一カ月半で完成させてしまったのだ。これでお客さんはゆっくり食事を楽しむことができるようになる。

まるで山小屋の完成祝いのように、赤十字社で働いているスイス人のカップルから結婚披露パーティをしたいとの依頼があった。これもまたお母ちゃんの出番である。新しくテントを張り、バラの花で飾りつけるとそれらしい雰囲気になる。

披露宴当日には、参加者が三〇人ほど集まった。数本のシャンパンのコルクが天に届けとばかりに景気よく宙に舞う。お二人に幸せあれ。

これを機に赤十字社の人たちが当店を利用してくれるようになった。新婚二カ月後、そのカップルはカメルーンに転勤していった。

赤十字社で働いている人たちは、語学音痴ながらフランス語でなんとかコミュニケーションが取れたこともあってか、私を助けてくれるようになった。

新装になった店内は四〇席ほどで、旧店舗と合わせると七〇席くらいになる。しかし、新装の店に客が集中するので、旧店舗のほうは特別室として利用してもらうことにする。毎週金曜日と土曜日は忙しく、もうてんてこ舞い。満席のため外で待っていてもらうほどであった。

キッチンの中には、私のほかにコックが六人（コックと呼んでいいならの話であるが）。彼らは忙しくなると何をしていいのかわからなくなるのだ。ウエイターはウエイターで注文を取り違えるので苦情が殺到する。そのたびに私が呼ばれて客に頭を下げて回るのだ。文句を言うのと同時に、私の顔を見ると納得する客たちである。私に作ってもらえば安心なのだろう。

しかし、私が客に呼ばれてしまうとキッチンの中は中断してしまうので、客には愛想笑いをするが、心の中では一刻も早くキッチンの中に戻らねばと焦ってしまう。

店の繁盛とともに、刺客が送り込まれてきた！

そのうちに、刺客が続々と送り込まれるようになってきた。新装になった店を潰そうとするのだ。この刺客を「はっし！」と受けとめて退治してくれたのがお母ちゃんである。お母ちゃんは強し。私一人ではこれらの刺客を封じ込めることはできなかった。

刺客の中には雇われた者もいるようだったが、弁の立つお母ちゃんには勝てないのだ。料理の中に虫を混入させ、

「これはいったい何だ」

と怒鳴って、金を払わずに帰ろうとする客を捕まえて、

「虫を皿の中に入れたのはあんたじゃないか。ウエイターが見ていたわよ。しかも、皿の中身はきれいに食べてしまっているわよ」

と言って、実行犯に請求書を見せつけて払わせるのだ。

「料理がまずくて金が払えない」

と言った客もいた。これもお母ちゃんが撃退した。

「あんたまずいと言っておきながら、皿の中身は全部食べて空っぽじゃないか。お父ちゃんの作った料理がまずいなんていう客は、この店にはいないんだよ。金を払ってから帰んなよ。そうしなかったらポリスを呼ぶけど、それでもかまわないかしら?」

フランス料理の「フ」の字も知らないで、何をぬかすか。フランス料理がわかるのか。と言いたかったが、この手の連中は町中に「シェ・ラミ」の悪口を言うのは目に見えている。もしかしたら他の店に頼まれてやってきたのかもしれない。

案の定、翌日の新聞に「シェ・ラミ」の悪評が載った。それも写真入りである。ところが、その写真に写っているのは当店の料理ではなく、別の店の料理だった。これで奴らの意図は分かった。まったくいやらしいことをする連中である。これらの手を使う刺客が何人いたことだろうか。


ある日、お客の一人からこう聞かれた。

「君の奥さんは、以前、レストラン経営の経験があるのかね?」

「いや、ここで私と始めたのが最初ですよ」

彼は驚いて、

「彼女の店での働きぶりを見ていると、とても素人とは思えない。彼女の手腕に敬意を表すよ」

と言って褒めてくれた。店を始めたことで、彼女の才能が開花したのかもしれなかった。

店には初めのうちは欧米人がたくさん顔を出してくれていたが、次第にケニア人も増えてきたのがありがたかった。

ケニアの大臣にノルウェー産サーモンステーキを提供

ある日、駐車場に数台の公用車を連ねて入ってきた人がいる。いったいどなたがやって来たのだろうかと、ウエイターたちが店の入り口で待機する。特別室に案内すると、お付きの人が、

「ムゼー、実はこの方は公共道路省のコスゲイ大臣ですよ」

と私に耳打ちするのだ。コスゲイ大臣は、当時飛ぶ鳥を落とす勢いの人物だった。それもそのはず、ケニア第二代大統領ダニエル・アラップ・モイ氏のいとこだったからだ。初代大統領ジョモ・ケニヤッタ大統領の死去に伴い就任したモイ大統領は、強権的な指導力を持ち長期政権を保った人物であった。

私の息子と大臣の息子が同級生ということで、当店に立ち寄ってくれたのだ。その後は週

に三度四度と顔を出してくれる上客となった。私はお母ちゃんとともにテーブルに出向いてご挨拶する。

「大臣閣下、今日はいらしていただき、女房ともども感謝しております」

「いやいや、ここが気に入ったのでこうして利用させてもらっているのですよ。ご子息はお元気でおられますか」

あまり高飛車な方ではなかったのは、息子同士が友人だからということであろうか。

大臣が店にやって来る時は、いつもエスコートの人たちと一緒である。同時に、外国人のビジネスマンたちが大臣から工事の注文を受けようと張り付いているのもいつものことである。彼らは駐車場に車を停め、ひたすら大臣が店から出てくるのを車内で何時間でも待ち続けるのだ。ボディーガードが、

「大臣閣下、今日もビジネスマンたちが来ていますが、どうしますか？」

「わしゃー今、機嫌よく飲んでいるところだ、待たせておけ。仕事が欲しければそのくらいは我慢するだろう」

しびれを切らして帰るものは誰一人としていない。詳しいことは知らないが、工事の受注額のいくばくかが大臣の懐に入るという噂であった。

次に現れたのは、外務大臣のマスオカ氏である。ある日の午後、警察の人間と大臣のセキュ

リティーの人間が当店にやってきて、

「君の店を少々調べされてもらう」

と言い、キッチンの中に入っていろいろチェックしたり、店内のテーブルの下を覗いているではないか。これはいったい何事が起こるのかと心配になった。

すると、その日の夕方、エスコート車数台に囲まれた大臣の公用車がするすると当店に入ってきた。さっそくお母ちゃんを呼び、接待にあたる。車から降りて来たのは、外務大臣のマスオカ氏であった。

別室を用意してほしいとのことで、奥の間に案内する。おそらく密談でも始めるのではないかと、お母ちゃんが八人で使える個室に案内する。シェフを呼んでほしいという。

「大臣閣下、今晩は当店にお越しくださいましてありがとうございます。ご用件は何でしょうか」

「私は魚が好きなのです。シェフにお任せしますので、何か美味しいものをみつくろってください」

「それでは当店自慢のノルウェー産のサーモンステーキをご用意いたしましょう」

「結構です。よろしく頼みます」

大臣以下、皆さんも同じものを注文するのだった。

サーモンをソテーしたのち、生クリームに魚の出し汁、リキュールを少々加え、ケッパーを乗せて提供する。当店では高級料理として提供している一品である。サーモンはノルウェーからの輸入品で、ケニア産の魚に比べ五倍から六倍値段が高くなる。「今日の売り上げは上々だなぁ、こんなお客が毎日来てくれるといいなぁ」と皮算用する。

帰り際にお母ちゃんとともにお礼の挨拶をする。

「大臣閣下、今日もありがとうございました」

「いやいや、あなたの料理をおいしくいただきました。どこで料理を学ばれましたか？」

「数年間はヨーロッパに住んでいましたので、その時にいろいろ勉強しました」

「ああ、そうでしたか。それで納得しました。あなたの料理には何か魅了される味が隠れているのですね」

大臣にお世辞を言われ、私は少し照れ臭かった。大臣は最初の一か月間は毎週一度来店してくれていたが、突如外務大臣の任を解かれてしまったため。それ以降は姿を現さなくなった。

次に現れたのは、オリゴ大蔵大臣である。彼の息子と私の息子が同級生だということで、当店を利用してくれたのだ。彼は飲むだけであったが、帰り際には当店のスタッフ全員に一〇〇〇シリングのチップを渡してくれるので、もうみんな大喜びである。ガードマンにすら渡していくのだ。「スタッフの一人として私にもくれないかなぁー」と彼を見るが、

「フン、お前なんかにはやらないよ」

という顔つきである。ガードマンの給料が四〇〇〇シリングだから、一〇〇〇シリングといえば彼らにとって大きなボーナスになるのだ。

増築した「バー・ソフィー」が大繁盛

その後、またまたお母ちゃんから提案があった。今度は庭にバーを作りたいと言うではないか。今でいうレストラン兼バーのはしりであろうか。お母ちゃんはナイロビ郊外のカレン地区に土地を一エーカー持っていたが、ただ持っていても仕方がないので、その一部を売って「シェ・ラミ」に投資しようというのである。カレンの土地は、購入価格の三倍で売れた。

私は反対だったが、一度こうと決めたら実行するのがお母ちゃんの性格であり、やはり陣頭指揮を執るのだ。これでまた庭の一部が潰される。お母ちゃんは、こう言って胸を張る。

「お父ちゃんが庭を好きなのは知っているわよ。でもここはビジネスを優先させましょうよ。私は町中のバーをいろいろと研究してきたので大丈夫よ」

「じゃあ、任せたよ」

私は従わざるをえない。さあ、これでまた木が数本減っていくなぁ、という少し淋しい気持ちがしたが、ビジネスの波には逆らえないのだ。ここでも私は一言も口を出さなかった。

バー・ソフィーを作ってますます忙しくなった

お母ちゃんは建材すべてを自分で買い込み、職人を雇い、急ピッチで作る。ほぼ一か月半後には、新装の「バー・ソフィー」が完成した。ソフィーはお母ちゃんの愛称である。

私は、バーを作ることでレストランの客が減ってしまうのではないかと危惧していたのだ。しかし、私の心配をよそに、開店したその日から「バー・ソフィー」は客がついた。バーで食事を楽しむ人も多くなり、夜のテント内で食事する人も増えた。これでよしとするか。

ウエイターたちは所狭しとレストランとバーの間を走りまわるのだ。

「おーい、こっちの料理はまだかー。腹が減っているので早く頼むよ」

と、テーブルから声が飛び交う。

「今日はシェフの顔が見えないが、ちょっと挨拶したいので呼んでくれないか」

私はキッチンで忙殺されていたが、客の声を無視するわけにもいかない。レストランとバーとキッチンを頻繁に往復するのは少々疲れるなぁ。こんなとき、ローラースケートでもあればいいのになぁ、とバカなことを想像してしまう。

キスの雨が降り注ぐ大晦日の年越しパーティ

一九九七年、「シェ・ラミ」の一周年記念に当店の常連客に集まってもらい、パーティを催す。スタッフの中で一番よく働いてくれた者一人に、表彰状と金一封を渡すのだが、この時司会を引き受けてくれたのがフランス人のブリュノー氏だった。ブリュノー氏は、当店を最初から応援してくれていた人だ。これ以降、彼と急接近するようになり、数多くのパーティに当店を利用してくれた。

やがて店主と客との枠を超えて、友人同士のつきあいをするようになり、彼の家にもしばしば招待された。彼の家にはいつも大勢の客がいて、友だちの輪が広がっていった。

この年のクリスマスには、当店で赤十字社の人たちのパーティが行われた。二〇名ほどが集まり、一人一本のシャンパン付き豪華ディナーを楽しんだのだ。赤十字社で働く人たちは、隣国タンザニア、ソマリア、ウガンダ、コンゴ、エチオピア、スーダンへと出張することが多いのだが、クリスマスにはナイロビに戻ってくるので、ボスの音頭で「シェ・ラミ」に集結して賑やかなクリスマスパーティとなるのだった。

このグループの人たちは、ナイロビに戻ってくると必ず当店に立ち寄ってくれた。「シェ・ラミ」に貢献してくれる赤十字社の人々に感謝するのだった。

続く大晦日には、年越しのパーティを用意する。ブリュノー氏が中心となって、花火をたくさん用意してくれた。この時以降、お客とともに新年を迎えるのが、当店の行事の一つとなる。

時計の針が一二時を指すと同時に花火を上げ、

「ボンヌ・アネ！（よい正月を！）」

と言って、お互いにキスをするのである。私はお母ちゃんに、

「ハッピー・ニュー・イヤー！」

と言って抱擁し、キスの大雨を降らす。そして、「今年もまた良い年でありますように」と心の中で祈るのだ。

キスは両ほほにするのが普通だが、パリでは二回、南仏では三回、そしてケニアでは三回する。この違いに意味があるのかもしれないが、二回よりも三回キスするほうが親しみが湧くし、されるほうもうれしいかもしれない。私はどさくさに紛れて四回もしたことがあるのだが、これは親しみ以上のものがあるかもしれない。

開店二周年目に起こったアメリカ大使館同時爆破事件

一九九八年八月七日を忘れることはない。悲しい出来事が起きたのだ。「シェ・ラミ」開店二周年記念日の翌日のことだった。

ケニアとタンザニアにあるアメリカ大使館が同時に爆破されたのだ。このアメリカ大使館爆破事件は、朝一〇時四〇分にケニアの首都ナイロビとタンザニアの首都ダルエスサラームで同時に起こった。爆薬を満載したトラックが両国のアメリカ大使館に突入して自爆したのだ。これによってケニアでは大使館員と民間人など二一三名が死亡し五〇〇〇名以上が負傷、タンザニアでは一一名が死亡し七七名が負傷した。

二〇〇人以上もの人が犠牲になった悲しい事件。内戦も起きていないこの国が、なぜ標的にされなければならないのだろうか。

当店の二周年記念日であったが、予約はすべてキャンセル。日本大使館からも一五名の予約があったが、キャンセルして館員たちは事件現場に手助けに行った。この事件のために、当店の二周年記念の催しは中止にせざるをえなくなった。

「ドカーン」

という小さな音は聞こえたが、気にするほどではなかった。すると突如、ラジオ放送でテロ事件の模様が流れてきたのだ。店と大使館はかなり離れていたが、スタッフの一人は振動を感じたという。料理を作って待っていたが、このアクシデントのために誰一人お客は来なかった。

フランスからゴダール家の次女が遊びに来ていたので、私たちと一緒に作った料理の片づけをすることにした。私たちだけの淋しい記念日となってしまった。

この爆破事件でたくさんの人が亡くなった。皆さんのご冥福を、スタッフとともに祈った。

野生動物専門のバーベキュー場が大当たり

またまたお母ちゃんから第三の発案である。今度は庭の隅にバーベキュー小屋を作りたいと言うではないか。今度は木を切る必要はないとのことなので、心から賛同する。

しかも、ゲームミート（野生の肉類）専用のバーベキュー場なのだ。これは大当たりした。野生の肉を扱うには、特別なライセンスが必要である。それは密猟者を防ぐためという。

野生の肉とは、インランドという鹿の一種、シマウマ、キリン、ヌー、ガゼルなどである。これに野生ではないが、ダチョウとワニが加わる。

とりわけ欧米人がこれらのバーベキューを好んだ。郊外にあるレストランにまでわざわざ出かけなくてもすむ、という便利さもあっただろう。

これにヒントを得て、フォンデュ・ブルギニョンの牛肉の代わりにこれらのゲームミートを使う料理を考案した。フォンデュ・ブルギニョンとは、熱々の油を張ったフォンデュ鍋の中に、小さく切って串に刺した牛肉を入れ、揚げてから好みのソースにつけて食べる料理である。これはフランス人に受けまくった。皿の上に何種類かのゲームミートを並べて好きなものを選んで食べられる。一度に数種類の肉が楽しめるのだから、お客さんは大喜びである。

さらに、六種類のソースが好評だった。マスタードソース、ベアルネーズソース、グリーンペッパーソース、ブルーチーズソース、ボルドレーズソース、ガーリックマヨネーズソースなどを用意した。ベアルネーズソースは、バターと卵黄、エシャロット、生のエストラゴンに酢を加えてとろ火で煮詰めて作るフランス料理の伝統的な肉料理用のソースで、私が得意にしているものだった。ボルドレーズソースは赤ワインをベースにフォン・ド・ボーなどを加えて煮詰めたソースである。ボルドレーズとは、「ボルドーの」という意味だ。

日本人向けには大根おろし、ショウガ、ニンニク、醤油、辛子を混ぜたソースを付けて出した。おそらく日本ではフォンデュ・ブルギニョンを出している店はないだろう。そして、肉は食べ放題である。

ちなみに、ベアルネーズソースを添えたステーキは、フランス人たちに好まれていた。

ナイロビ郊外には、当時から四〇年ほど前の一九六〇年あたりから営業しているゲームミート専門レストラン「カーニバル」がある。ここは二〇〇席以上もある大きな店である。ケニアにやって来る観光客のほとんどが必ず立ち寄るレストランで、毎日満席の大盛況だった。しかし、正直なところ、当店で食べたほうが美味しいのだ。確実に旨い。

この違いは、肉をローストするかフォンデュで食べるかの違いである。フォンデュであれば、自分の好みの焼き具合でミディアムでもレアでも食べられる。肉質自体もジューシーである。それに加えて、各種のソースが決め手となる。

私自身も好きで、しばしばお客さんと一緒に食べたものだ。野生の肉に共通しているのは、肉が赤色であることだ。私が食べた中では、シマウマのフィレ肉が一番柔らかかった。ただし、シマウマのフィレ肉にはまったく脂身がない。

このシマウマの肉をお目当てに、よく食べに来てくれたノルウェー人の技師がいた。彼はこう言って舌鼓を打つのだ。

「ミスター・イケダ、私はこの肉が気に入りました。あなたの店以外ではとても食べられませんね」

ダチョウの肉も柔らかいが、シマウマにはかなわない。野生動物は肉食か草食かで分けられるが、当店で扱っているゲームミートは草食動物なので、全体的に肉質が柔らかいのではないかと思う。

草食動物は草のほかに赤土を食べる、とマサイ族の人から聞いた。サバンナの中にある赤土には、いろいろなミネラルが含まれているのを動物たちは本能的に知っているという。サバンナの中には、自然食が豊富にあるのだ。

ところが、一九九八年ごろだったか、ケニア政府から、
「今後、ゲームミート用の動物を殺してはならない」
との命令が出されたのだ。そのお達しのために、当店もダメージを受けた。それまで当店を利用してくれていたゲームミート愛好家の人たちは、少しばかり足が遠のいてしまった。これは非常に残念なことであった。

「ケニアにおけるベスト一〇《テン》レストラン」に選ばれる

恰幅のよいビジネスマン風のケニア人が毎週一回、一人で当店に現れて食事をする。これが一カ月続いたのである。いったい何者なのか。もしかして、また新たな刺客が送り込まれてきたのか。不審に思ったのは、私一人ではなかったはずだ。私の頭には危険信号が点滅し、スタッフたちにはいつでもお母ちゃんに連絡するようにと伝えておく。

ところが、彼は正義の味方であった。

ある日、私はその紳士から呼ばれた。

「ミスター・イケダ、実は私はミスター・リチャードが主宰する『グルメの会』から派遣されてきたオティアノと申す者です。私が頻繁にこの店にやって来るので、不審に思われたことでしょう。私は『グルメの会』の審査員の一人なんです。私はあなたの店『シェ・ラミ』を『ケニアにおけるベストテンレストラン』の一軒として推薦します。このことは、すでにミスター・リチャードには報告済みです。来週の日曜日のランチ時に、ナショナルパークに隣接しているレストラン『レンジャー』で表彰式を行いますので、奥様と一緒にぜひご出席ください」

なんと、彼はこう言うではないか。ミスター・リチャードはオーストラリア人で、ケニアに移住してきた人物だった。

「私はあなたの店を推薦できたことをうれしく思っています。ミスター・リチャードも同意見でしたよ」

私はすぐさまお母ちゃんを呼んで、この吉報を告げた。

「お父ちゃん、よかったわね。あなたの料理が認められて私もうれしいわ」

と、お母ちゃんから祝福のキスを受けるのだ。

表彰式当日、私はお母ちゃんを伴って出席した。ミスター・リチャードから賞状を渡され、握手を求められる。

「ミスター・イケダ、このたびはおめでとう。ベストテンの一軒に選ばれて私もうれしいですよ。よかったですね」

ミスター・リチャードとは数年来の知り合いで、当店にも家族連れでしばしば来てくれていたし、時には彼からアドバイスを受けていた。しかし、彼が主宰する「グルメの会」のことはまったく知らなかった。

表彰式の後は、ベストテンに選ばれた一〇店舗のオーナーたちが集まって会食をした。ところが、このときアクシデントが起こったのだ。

前菜に出されたサラミソーセージを食べると、ものの一〇分と経たないうちに体が痒くなってくるではないか。しかも、まだ食事は終わっていないのだ。宝くじにもあたったことがない私が、食中毒になってしまったのだ。

私の体のいたるところに発疹が出始めた。私は胃は丈夫なので、今まで食にあたるといったことはなかったのに、このジンマシンには参った。

「この会食が終わったら、いつもの診療所に行きましょう」

と、お母ちゃんは心配顔である。

「いや、大丈夫。このまま症状がよくならなかったら、明日の朝行くよ」

と答えたものの、その夜中には微熱が出てジンマシンがますますひどくなってしまった。

お母ちゃんに店を任せて翌朝早く診療所の門をくぐり、ドクター・ワジルに診てもらう。彼はモスクワの大学病院で一〇年ほど働いていた医師である。

「これはすごいジンマシンですね。体じゅうびっしりじゃないですか。いったいどうしたんですか？」

私が事情を話すと、

「では、注射をしましょう。眠くなりますから、寝るといいですよ」

と言って注射を打つと、薬が効いて二時間ほどぐっすり眠った。すると驚いたことに、起きたときには何事もなかったかのようにジンマシンが消えていたのだ。熱も下がり、爽快な気分である。あれほどひどかった痒みも、ピタリと止まったのだ。

「ミスター・イケダ、気分はどうですか？」

「もうすっかり良くなりましたよ。おかげさまで、どうもありがとうございました」

まるで魔術師のようではないか。そのうれしさを表現するために、ドクター・ワジルを握手攻めにするのであった。

のちほど、同席者のうち三人がやはりこの食中毒にやられたと聞いた。しかし、同じものを食べたお母ちゃんは何ともないのだ。ジンマシンの原因はサラミソーセージであることは分かっていたが、その中に含まれている何が問題だったのかはわからなかった。

撮影中のいかりや長介と北野武が来店

二〇〇二年、友人が日本からやって来た撮影隊を当店に連れてきてくれたのだ。その中に、なんとあのいかりや長介さんがいたのだ。初めは撮影用の扮装をしていたので気づかなかった。彼はケニアが好きで、年に一度は来ているということだった。

当時、いかりやさんは『8時だヨ!全員集合』が終了した後、俳優として大活躍していた。ちょうど日本テレビの火曜サスペンス劇場『取調室』シリーズや月曜ミステリー劇場『弁護士猪狩文助』シリーズの主役として人気を博していた。

いかりやさんは、シェ・ラミで和食を注文した。私にとっては『8時だヨ!全員集合』で思い出深い長さん。テレビでは大きな人だなぁ、という印象があったが、こうして実際目の前にいる彼は、私とあまり変わらない背丈に感じた。

残念ながら、その二年後に彼は亡くなられてしまった。みんなから親しまれた、いかりや長介さんのご冥福を祈ります。

次に来た撮影隊は、北野武さんである。いかりや長介さんを連れて来た友人が、また当店を宣伝してくれたのだった。

武さんのグループは、撮影の合間に昼食を取りに当店に立ち寄ってくれたのだ。

「ケニアでの撮影は今日だけで、明日はイタリアへ向かうんです。今日は『シェ・ラミ』で美味しい昼食をと思って連れて来たんですよ」

昼食を終えると、武さんは庭に出て、キャッチボールを始めるのだ。よほど野球が好きらしい。私は武さんに聞いてみた。

「武さんは野球がお好きなんですね?」

「ええ、私は飯を食うよりもこのグローブを持っていれば、機嫌がいいんですよ。だからどこへ行くにもこの愛用のグローブを持ち歩いているんです」

武さんは、ほんとうにうれしそうなのだ。

「次の機会があったら、また当店に立ち寄ってくださいよ」

「ええ、そうしますよ。その時にはよろしく頼みますよ」

彼が作った映画は、フランスではとても人気があると聞く。ナイロビ在住の奥様たちの何人かは武さんのファンであり、彼が当店に来たことを聞くととても残念がって、

「池田さん、次に彼が来た時にはぜひ連絡してね。何があっても会いに来るから忘れないでね」

とリクエストするのだった。

中央アフリカで医療活動を続ける美瑞子さん

ある夜、当店をよく利用してくれている国連のボランティアのケイコさんから電話があった。ボランティア活動の話をしている中で、美瑞子さんのことが話題にのぼった。私が彼女のミッションへの取り組みを話すと、興味を持ったようだった。

「そんな素晴らしい女性なの。ぜひお会いしたいわ」

「うん、今は中央アフリカの首都バンギに行っているそうだよ。そこのミッションで働いていると思う」

「それなら、ちょうど来週中に仕事で中央アフリカに行くから、彼女に会ってみるわ」

こんな成り行きで、ケイコさんは美瑞子さんに会いに行くことになったのだ。もちろん、国連の仕事で行くのだから、帰りがけに寄るのだろう。

二週間後、ケイコさんは店に顔を出してくれた。

「池田さん、私、美瑞子さんにお会いしたわ。池田さんがおっしゃるように、とても素晴らしい女性でした。私にはとてもまねできないわ。美瑞子さんは、『これからもアフリカの各地で医療活動を続けていきます』と話していましたよ。池田さんは、いつか彼女に会いに行くつもりなの？」

その質問に答えるのは、一瞬躊躇する。私はすでに妻子持ちなのだった。

「うん、その機会があればぜひ訪れてみたいですね」

しかし、美瑞子さんと再会する日は来るのだろうか。

南仏のホテルから出稼ぎの依頼がくる

二〇〇三年一月のことである。一本の電話が入った。受話器を取ると、なんとフランスからである。

「ボンジュール、マサオ、コムサバ（元気）？　セ・モア（僕だよ）、アントワーヌだよ」

懐かしい人からの電話であった。一九七二年にポルトガルで働いていた時に、私は彼の両親であるゴダール夫妻と親しくしていたのだ。そのときアントワーヌは五歳であった。アントワーヌとは、彼の結婚式にお母ちゃんが出席したとき以来である。今日はいったいどんな用事なのだろう。

「マサオ、実は僕は南仏のサン・レミ・ド・プロヴァンスという町のホテルを買い取り、今、改修工事を進めているところなんです。それで相談があるのですが、マサオがこちらにきて手伝ってくれないかなぁ。というより、ぜひ来てもらいたいんです。

部屋数は三〇部屋という小さなホテルですが、そのレストランで和食と洋食の両方を提供したいんです。これはマサオにしかできない仕事だから、ぜひ来てほしい」

というのである。「ぜひ来てもらいたい」と何度も何度も言うので、

「少し時間をくれないか。考えてみるから」

と答えた。


「オーケイの返事を待っているよ。それに往復の切符をこちらで用意するから、一度見に来てほしい。そして、自分の目で確かめてもらいたいんだ」

一週間後、アントワーヌに電話を入れ、二月上旬にフランスに向かう旨を伝える。

実のところ、一世を風靡した「シェ・ラミ」も下火になってきているので、迷っていたところだった。そこにちょうどフランスから電話が入ったのだ。往復の切符を用意してくれるというし、三〇年ぶりにフランスの匂いをかいでこようか。現場を見てから決めてもいいだろう。

店の方はお母ちゃんに任せ、久しぶりにフランスの地に足を踏み入れることになる。これが私の「出稼ぎ」の始まりだった。

第六章

「ちょっと出稼ぎ行ってくる」そして帰国

（2003年1月〜2009年10月）

ゴダール家の末息子アントワーヌの招待で南仏へ

二〇〇三年の冬、ナイロビ空港でお母ちゃんとしばしの別れを惜しむ。

「お父ちゃん、楽しんできてちょうだい。久しぶりに会うゴダール家の皆さんによろしくね」

とキスの小雨が降る。

ブリティッシュ・エアウェイズ機に乗り、まずロンドンへ飛ぶ。ナイロビに来てから何年ぶりかに乗る長距離飛行機なので、少しばかり胸が高鳴る。空からのナイロビは明かりが乏しく、

「まばらな町だなぁ、これがアフリカの東側の入り口か」

と感じる淋しい夜景であった。

ロンドンのヒースロー空港には、朝早く着いたので、まだ薄暗かった。上空から見たロンドンの町はまばゆいばかりの明るさで、こんなにも違うものかと驚く。これが先進国の輝きなのか。電気の消費量は大差だろう。

ここでリヨン行きのエールフランス機に乗り換えた。やがてリヨン市が近づくと、飛行機が大揺れに揺れ出したのだ。私はもう真っ青である。思わず座席を握りしめ、冷や汗をかいた。「こんなことならフランスに来るのではなかった」と後悔した。大揺れの原因は、冬のシー

ズンに起こるミストラルであった。ミストラルとは南仏名物の強風で、これが吹くとより寒さが増すというものである。

リヨン空港に着くと、私の名前を書いたプレートを掲げた旅行会社らしき人が近づいてきた。

「ヴゼット、ムッシュ・マサオ？（マサオさんですか？）」

「ウィ、セ・モア（はい、私です）」

と、流ちょうなフランス語で答える私。しかし、本当のところはフランス語なんてほとんど忘れてしまっているのだ。

「私はアントワーヌの友人で、あなたを迎えに来たんですよ。これからリヨン駅まで送るので、そこからアヴィニヨン駅まで行ってください。オールヴォワール！（さようなら）」

と手を振って行ってしまった。

毎日違うレストランでフランス料理に舌鼓を打つ

さて、これからどうしようか。なにしろフランス語が口をついて出てこないのだ。肌にしみこむような寒さでガタガタと震えていると、口まで凍えて言葉も出てこない。以前、南仏のエクサンプロヴァンスに住んでいたのでミストラルの寒さは知っていたのに、そのことをすっかり忘れていた。

アヴィニヨンの駅に着くと、ものすごいミストラルの突風が吹いていて寒いことこの上ない。ましてや気候のよいナイロビから来たのだから、この寒さは体にこたえた。しかも、迎えの人らしき姿が見えないので、不安がつのる。駅構内に入って一時間ほど待つ。すると、懐かしいゴダール夫妻が手を挙げて近づいてきた。

「アントワーヌの友人から電話があって、マサオがリヨン駅に着いたというので、ここに到着する頃を見計らって来たんだ。でも、駅のアナウンスでミストラルのために列車の到着が遅くなるというので、外で待っていても寒いし、近くのカフェーで体を温めていたのだよ」

二〇数年ぶりの再会である。五歳だったゴダールは、三八歳になっていた。長い年月が過ぎ去ったにも関わらず、お互いにあまり変わらなかったのに驚いた。ゴダール夫妻と私は同じ年頃である。


目的のサン・レミ・ド・プロヴァンスに着き、ホテルに案内してもらうが、まだ改装中のため、旧館に案内してもらう。そこでアントワーヌと再会する。

「マサオ、久し振りだね。よく来てくれたね。何年ぶりになるだろう？」

そして、奥さんのナタリーを紹介される。この町には一週間滞在したが、毎日違うレストランに連れていかれ、久し振りにフランス料理に舌鼓を打った。その間、アントワーヌは私にどうしても来てほしいと頼み込むのだ。

アントワーヌの両親のゴダール夫妻は、この町からさほど遠くないドメーヌ地区でシャトー付きのブドウ園を買い入れて、そのシャトーに住んでいた。なんと一〇〇エーカーという広い敷地だという。

シャトーのオリーブオイル試飲会に参加する

私の滞在中にこのシャトーでオリーブオイルの試飲会があり、それに参加する。テーブルの上には八種類のオリーブオイルが並べられ、それらを順次味見していくのだが、八種類とも味が違うのである。舌にイヤな味が残るものもあったが、最上級品はまさにバージンオイルの王様である。オリーブオイル独特の匂いは少なく、喉の中に流し込むと、すんなりと入っていく。抵抗をまったく感じさせないのだ。

南仏には有名なオリーブの谷があり、そこではどこに行ってもオリーブの木が繁っている。味も千差万別である。ポルトガルではオリーブの木の下で豚が自然飼育されているが、南仏では羊がオリーブの実を食べて育つという話を聞いたことがある。そのため、南仏の羊は美味しいという。

地中海に沿った国のギリシャ、イタリア、フランス、スペイン、ポルトガルの各国で「オリーブオイルの大会」を催したら面白いと思うが、どうだろうか。フランス人に言わせると「ギリシャのオリーブオイルが最高だ」そうだ。

オリーブの実の漬物も美味しかったが、私としては、ポルトガルのリスボンで食べた漬物に軍配を上げる。このようなオリーブの漬物は、現地でないと食べられない逸品である。輸入品の瓶詰のオリーブなんて、比べ物にならない。もう一度、このオリーブの漬物を食べにポルトガルに行きたいほどである。

このサン・レミ・ド・プロヴァンスの町が観光地として栄え始めたのは、つい最近だという。モナコ公国のカロライン王女が結婚後、ここに居を構えたのがきっかけで、バリの社交界の人々がこぞってこの町に別荘を建て始めたのだという。当然ながら、この町の土地や物価は急上昇したが、その代わり、観光客がかなり増えたのである。

郊外には有名な画家ゴッホが療養していたサン・ポール・ド・モゾル修道院の精神病院があり、併せて観光名所になっている。これらの観光客の中には、日本人がとても増えているのだという。ホテルを開くなら、日本人に喜ばれる仕掛けが必要なのだ。

滞在最後の日、ゴダール家の家族から一〇〇キロメートルほど離れたエクサンプロヴァンスの日本食レストランに招待された。この町には、一九六九年に滞在していたので懐かしさはあったが、町は大きく変貌し、歳月が流れたことを感じさせた。

当時はまだ日本食レストランはなかったのだが、今は二軒の日本食レストランができていた。その店を訪れたのは、将来ホテルで日本食を扱うレストランを始めるときの参考にするためであった。

アントワーヌとフォアグラの巻き寿司

一週間のフランス滞在を終え、ナイロビの我が家へ帰る。

「お母ちゃん、ただ今帰ったよ」

空港に出迎えてくれたお母ちゃんからキスのサービスを受ける。

「どうだった？　久しぶりのフランスは！」

「久しぶりだったけど、特に感動することはなかったよ。アントワーヌは四月に家族を連れてナイロビに来ると言っていたよ」

「あら、そうなの！　彼らと会うのは何年ぶりかしら！」

お母ちゃんも懐かしそうである。

二〇〇三年四月、アントワーヌが奥さんと子どもを連れてケニアへやって来た。せっかく

ケニアのサファリ・ロッジにて。妻のワンジル

ケニアに来たのだからと、二泊三日のサファリツアーを楽しんでもらう。残りの日々は、他のレストランには目もくれず、私の店に毎日通い続けるのだ。

その目的は、私を釣ろうということである。大物を釣り上げてみせるという心意気を感じる。どうしても私に来てほしいということを、家族全員でアピールしているのだ。

アントワーヌから、計画をいろいろと聞かせてもらう。するとだんだん、私の気持ちもぐらりと揺れ動いていくのである。

「シェ・ラミ」に毎日通い続けてくれるアントワーヌ一家のために、ちょっと変わった料理を作って提供する。フォアグラのパテが手に入ったので、初めての挑戦であるが、巻き寿司にしてみた。

「マサオ、この巻き寿司は初めて食べたけど、美味しいよ」

シェ・ラミで出していた寿司

そういって、アントワーヌはお替りをしてくれる。私を喜ばせようとしているのだ。

意外にも寿司飯の甘さとフォアグラの持つ甘さが一致して、ボン・マリアージュ（よい結婚）であったのだ。その後、このフォアグラ寿司を当店のスペシャルメニューとして売り出すと、欧米人に大好評であった。

日本人のお客さんは、やはり普通の巻き寿司の方がいいようであったが、ごく少数の人は、

「池田さん、これいけるよ」と言ってくれた。

ケニアでは、時としてこのフォアグラが安く手に入る。アフリカのフォアグラにはマダガスカル産とエチオピア産があ

るのだが、やはりフランス産にはかなわない。中央市場で働いている商人たちに頼んでおくと、どこからともなく入手してくるのだ。

彼らは本物のキャビア、スモークサーモンなどの一級品を扱う。これらの品は、町のスーパーでは四～五倍の値段がついている。たとえば、モリーユ茸（アミガサタケ）は、一個が小さな瓶に入って二〇ドルで売られているが、この値段では高くて当店では扱えない。彼らのビジネスなので入手先は聞かないけれど、一〇年来の付き合いなのでおおよその見当はつく。

そんな彼らが私につけたあだ名は「忍者」であった。市場に顔を出すと、

「ジャンボ、ニンジャ、元気かね！」

と各店の連中から挨拶の声が飛んでくる。この「忍者」の由来は日本の映画から来ている。おそらく日本人である私を、日本の忍者映画の主人公に重ね合わせているのだろう。

アントワーヌの家族には、いろいろな料理の試食をしてもらい、「シェ・ラミ」の味を楽しんでもらうのだった。彼らの目的はほぼ達成しそうである。私の中では、フランスに行こうという気持ちが強くなってきているのだ。五歳のころから知っているアントワーヌの支援の要請を断るわけにはいかない。

一〇日間のナイロビ滞在を終え、アントワーヌと家族はフランスに帰っていった。

「マサオ！　フランスで待っているよ」

これまでゴダール家からは、三回に渡り誘われてきた。

一度目は、ボルトガルの海岸の町カスカイスで「一緒にレストランをやろう」と誘われた時。二度目は、リヨン市郊外でフランス人の奥さんたち四人と共同で店をやらないかという話を持ちかけられたとき。私はタンザニアに来たばかりで、タンザニアから離れるわけにはいかなかった。三度目は、今回の南仏の話である。両親から息子の代へと移ったが、三度目のオファーを断ることはできない。この三顧の礼に応えよう。

「お母ちゃん、フランスに行くことに決めたよ」

「そうね、お父ちゃん、この際他の空気を吸ってくるのもいいわよ。店のことは私に任せてちょうだい。お父ちゃんがいなくなるとお客は減ってしまうと思うけど、助手たちが頑張ってくれるでしょう。お父ちゃんが帰ってきた時にいる場所がないといけないから、私が頑張って店を守るわ」

頼もしいお母ちゃん。息子のスティーブンも口を揃える。

「そうだよ、お父ちゃん。心配しないでいいよ。僕とお母ちゃんで頑張って店を守っていくから。せっかくお父ちゃんが頑張って築き上げた城を守っていくのが、子どもの義務だよ。シェ・ラミは不滅だから」

今回の機会を断れば、もう次にチャンスはないだろう。それに、今、私が出稼ぎに行かないと、店はもっと苦しく、台所は火の車になるだろうと考えたこともあった。

ユーモアあふれるお母ちゃんのお袋さん

しばらくケニアから離れるので、お母ちゃんの母親に会うためサガンナ村の実家に行く。

「ショーショー、ハバリヤコ？（お袋さん、元気ですか？）」

「おやおや、珍しいお客の来訪だね。久しぶりだが、元気でやってるかい？　ようこそ、当インターコンチネンタルホテルへ！」

お袋さんは、ユーモアたっぷりに私を案内してくれる。庭の片隅のパパイヤの木の下にテーブルと椅子を置いたスペースをホテルに見立てているのだ。この場所は賓客を招待するところで、一般人には使わせないという。なんという格式の高いホテルであろうか。

「あの娘とはうまくやってるかい？　少々性格がきついところがあるが、人情に厚いのだよ」

お袋さんは離れて暮らすお母ちゃんの身を案じてくれているのだ。

親父さんは数年前に亡くなり、お袋さんが一人住まいをしているので、時々子どもたちが訪れているという。約二エーカーほどの広さの敷地をお袋さん一人でやっていける程度の畑にして、トウモロコシなどを植えている。実家の裏側にはタナ川の支流が流れていて、いたるところに岩が突き出ている。畑の水は、すべてこの支流からポンプで吸い上げて利用しているということだった。

川の流れは緩やかだが、雨期に増水すると、かなり川幅が広がり、急激な流れに変化する。その時季には、欧米人がゴムボートでその急流を利用して川下りを楽しんでいる。以前、お母ちゃんがタナ川に突き出ている岩にいる人魚姫の物語を聞かせてくれたのを思い出した。

お母ちゃんはナイロビのディスコクイーン

フランスに出発する準備をしていたころのことである。

「お父ちゃん、久し振りにディスコへ行きましょうよ。お父ちゃんがフランスに行ったら、しばらく一緒に行くのはお預けになってしまうから」

とお母ちゃんに誘われ、いそいそと二人でディスコに出掛けていく。お母ちゃんはナイロビのディスコクイーンなのだ。

さすがにナイロビ随一を誇るだけのディスコである。満席で私たちが座る席もない。しかし、お母ちゃんの弟がディスコでＤＪをしているので、彼に頼んで席を見つけてもらう。

「義兄さん、久し振りですね。元気でやっていますか。姉貴が言っていたけれど、近々フランスに行くんですってね。義兄さん、僕たち兄弟が姉貴を助けるから心配しないでください」

弟の優しい言葉に勇気づけられる私であった。フロアを見ると、ディスコクイーンは汗を流している。生き生きとしたお母ちゃんは、眩しいほどである。私もそれに加わるのだ。

すると、お母ちゃんディスコクイーンを上回るニュー・ディスコクイーンたちが次々とフロアに登場するのだ。みな若くて美人、そして踊りも上手である。いよいよ新旧が入れ替わる時なのだろう。

ディスコにやって来る女性たちはみな着飾っているので、まるでミス・ナイロビショーを観ているかのようである。私はお母ちゃんの目を盗んで、チラリチラリと彼女たちを見つめてしまう。次のニュー・ディスコクイーンになるのはどの女性だろうか。

「お母ちゃん、長い間ご苦労さんでした。ディスコクイーンの座を譲って、これからはその重圧を逃れてゆっくりするといいよ」

と私は心の中で声を掛けた。

南仏のホテルに「シェ・ラミ」姉妹店がオープン

いよいよ、出発だ。「シェ・ラミ」を応援してくれているお客さんたちに感謝する。そして、フランスで「シェ・ラミ」の姉妹店を作って成功させると誓う。そうでなければフランスに行く意味がない。

ナイロビ空港までお母ちゃんとスティーブンに送ってもらい、家族としばしの別れを惜しむ。お母ちゃんの目には涙は浮かんでいない。そう、涙など流している時間はないのだ。すでに明日に向かって彼女の決意は固まっている。それでこそ、「ママ・シェ・ラミ」の心意気である。胸中には計り知れない不安もあるだろう。しかし、賽は投げられたのだ。

「お母ちゃん、元気で！　落ち着いたら、フランスへ招待するから待っていてほしい」

「さようなら、オルヴォワール・ア・ビアント！（さようなら、またね！）」

私は機上の人となった。


サベナ航空でブリュッセルで乗り換え、マルセイユ空港に到着する。空港にはアントワーヌ夫妻が笑顔で出迎えてくれた。空港からサンレミ・ド・プロヴァンスまでは一〇〇キロメートルほどである。ホテルは町の中心にあり、「ホテル・ド・ラトリエール・ド・リュージ」といった。その中のレストランが「シェ・ラミ」である。ナイロビの店の姉妹店となる。うれしい命名であった。

この店では「和・洋」の料理を提供するという。私に異存はない。それこそが私の望むところだから。私はホテルの一室を仮住まいとした。

ここは人口一万人にも満たない小さな町なので、知り合いになるのは簡単だが閉鎖的でもあった。人種差別的な町だと気づく。しかし、この町には日本料理店がないので、グルメたちは日本食を楽しみにしているようだった。

開店の九月までには間があるので、アントワーヌと一緒に南仏のあちこちに出掛け、和食用の皿を買い集める。久しぶりにフランスの田舎を訪れるのであった。同時に、スタッフを募集した。コックにはポーランドの血が入っている五〇歳の女性ブリジッド、アフリカのコートジボワール生まれのイヴ。彼は父親がフランス人で母親がコートジボワール人のハーフであり、とても気さくでいい男だった。メートル・ド・テール（給仕長）にはまだ二五歳というアルジェリアの美人、皿洗いのモロッコ人ハッサン。このメンバーで開店をスタートさせる。

九月一日、いよいよ「シェ・ラミ」の開店日である。メニューは寿司、てんぷら、すき焼きなどが主で、他はフレンチの創作料理である。

初日から忙殺される。寿司などは注文を受けてから作るのでは間に合わないので、あらかじめ握っておいて冷蔵庫に並べておく。こうしておけば、助手のブリジッドが皿に並べてくれる。日本の寿司職人が聞いたら、あきれてものも言えないだろう。しかし、私はアントワーヌのパートナーの一人として、利益を上げなければならないのだ。

オープンしてから二カ月が過ぎた。この町のほとんどの人が、日本食とは初めての対面である。ある日、オマール海老の活造りを作って提供したところ、お客さんはビックリ仰天したという。メートル・ド・テールによると、そのお客さんは、

「生きているものを食べたのは初めてだよ」

と言って、おそるおそる箸をつけていたという。実は私もオマール海老の活造りは初めて作ったのだ。ブルターニュ産のオマール海老は、甘みがあって美味しい。

一度カナダからの輸入品のオマール海老を試食してみたが、ブルターニュ産にはかなわなかった。身の締まり方や味が違うのだ。まるで日本の昆布を使ったかのような旨味がある。この違いは、カナダの周りの海とノルマンディー地方の海水違いからくるのではないかと思う。

ナイロビの「シェ・ラミ」が強盗団に襲われる

一二月初旬のこと、ナイロビのお母ちゃんから電話がある。

「お父ちゃん、今月の中旬にサン・レミ・ド・プロヴァンスに行くからよろしくね」

私がここにいる間に、ぜひお母ちゃんを呼ぶからと声を掛けてあったのだ。留守は息子のスティーブンに任せるという。お母ちゃんがいなくなると、お客さんの数はずいぶん減ることだろう。

お母ちゃんを迎えに、久しぶりにパリに出向く。私の心は「早く着け、早く着け」と高鳴るのだった。三〇年ぶりに訪れるシャルル・ド・ゴール空港で、お母ちゃんが現れるのを今か今かと待つ。すると、まるで女優のような装いで現れるお母ちゃんであった。

「お父ちゃん、とうとう来たわよ」

「よく来たね」

昔のような大雨ではなく小雨だけれど、心のこもったキスの雨を降らせる。アヴィニヨン駅ではアントワーヌの妻ナタリーと子どもたち二人が出迎えてくれ、ホテルに着くとアントワーヌの歓迎を受ける。去年ナイロビで会って以来の再会である。

荷をほどくと、お母ちゃんは気になるナイロビの様子を話してくれた。

「実は、シェ・ラミが強盗に襲われたのよ」

私は一瞬大打撃を受ける。


その日は、満席だったという。四人の強盗は銃を振りかざして客を床に伏せさせ、金目のものを奪ったのである。お母ちゃんの携帯電話は取り上げられ、駐車場にも見張りがいて警察に連絡できない。お母ちゃんも銃を突き付けられ、事務所に連れていかれて店の家賃三カ月分（約三〇万円）と売上金一〇万円を取り上げられたという。これだけの金額を稼ぐのがどれだけ大変なことか、強盗団にはわからないのだ。

「強盗たちは分捕り品を手にすると急いで退散し、ポリスが来た時は逃げた後だったの。もっとも、強盗団が店の中に残っていたら、そこで撃ち合いになって犠牲者が出たと思うから、あれでよかったわ」

汗水たらして働いたお金が、ものの一〇分で消えてしまったのだ。このような事件がナイロビ市内で多発していた。いつかは「シェ・ラミ」もやられるのではないかと危惧していたが、現実となってしまったのだ。

トリュフ入り卵とろとろの天下一品オムレツ

翌日は、アントワーヌの両親であるゴダール夫妻のシャトーに招待される。お母ちゃんと夫妻とは、アントワーヌの結婚式以来の久し振りの対面である。お母ちゃんは一〇〇エーカーのブドウ畑付きの広い土地にただ驚くばかりだった。ケニアでもこれだけの土地を持っている人は稀であろう。

この日はトリュフが手に入ったので、

「じゃ、俺が美味しいオムレツを作るよ」

と、世界の珍味トリュフを入れた天下一品のオムレツを振舞った。ナイフで切ると、とろりと卵が流れて出るのである。

「これは美味しい、これが本当のオムレツなのか」

と、皆口々に言い合うのだ。「そうだろう、そうだろう」と私は胸を張る。他の人に作ってもらうと、スクランブルエッグになってしまうのだ。東京の国際文化会館で働いていた時、先輩のしごきに耐え、何度も失敗を繰り返して身につけた技術である。皆さん、耐えることもとても大切ですよ。

そして、お母ちゃんの歓迎会をしてもらうのだった。やがてお母ちゃんはお土産でパンパンに膨れたスーツケースをころがしてナイロビに帰っていった。

フランスの仕事を終え、ナイロビに帰る

年が明け、私はマルセイユ空港にいた。雪こそ降らなかったが、ミストラルの強風が吹き荒れている。この厳しい寒さのために、私は体調を崩していた。私はもうサン・レミ・ド・プロヴァンスには戻らないつもりだった。

アントワーヌは私との約束を破った。約束の支払いがなされなかったのだ。これでアントワーヌとのパートナーシップは終了した。四、五年はフランスにいてもいいか、と思っていたのだが、残念にも彼への不信感が募ってしまった。彼の両親との長い間の絆、その関係が崩れてしまうかもしれない。私とゴダール夫妻が知り合った時代と、アントワーヌが成長してきた時代とでは、絆の意味が違っているのか。

私はナイロビに戻り、再びお母ちゃんと二人三脚を続けることにした。ここに戻ることは

二度とないだろう。フランスでの仕事は終わったのだ。

不景気の中で、再生を模索する

二〇〇五年の年明け、私はナイロビの「シェ・ラミ」に帰ってきた。

「オー、マサオ、帰ってきたか。もうどこにも行くなよ」

とお客さんたちから声がかかる。私がいなかった間にお客が逃げてしまったことは否めない。しかし今から、新しいお客さんが付き始めるのだ。大使館に赴任してきた坂田さん、I社の寺田さん、もちろん鴻池組の皆さんには、当店の常連客としてどれだけ応援してもらったことだろうか。

フランス大使館に勤めているセキュリティーのブリュノー氏とはよく飲み歩いた仲である。ブリュノー氏は、当店を一番多く利用してくれていたフランス人だった。フランス社会の中では頼れる男としてボス的存在であり、大使館も一目置いていた。私は彼の家にも頻繁に招待されていた。

その年の八月、ブリュノー氏の提案で、大使館への出前を頼まれお母ちゃんとともに出かける。料理は和・洋・中の組み合わせを一五人分である。相手は口のうるさいフランス人で、気を遣う連中である。これでまずいという評判が立てば次からはお呼びがかからなくなるし、

仲介してくれたブリュノー氏の顔が立たなくなる。会が終わり、

「マサオ、みんな喜んでいたぜ、ありがとうよ」

とブリュノー氏から言われる。お礼を言いたいのは私のほうであった。

世の中全体の景気が悪くなっていて、「シェ・ラミ」もこのままではいけないところに来ていた。レストランの経営者が夜逃げ同然でアパートを脱出するといった話が、実際に起こっていた。それほどの不景気が続いていたのだ。何とかしてこの不景気を乗り越えなければと思いながら、いい知恵が浮かばない。

ある日、市役所の役人がやって来て、

「ここは宣伝費を払っているか?」

と言うのである。そして、道路沿いにある店の看板を引き抜いていってしまった。看板がなければ、客足は遠のいてしまうだろう。帰ってきたお母ちゃんがすぐさま市役所に掛け合いに行き、いくばくかのお金を払って取り戻してきてくれた。そして、もう看板を抜かれないように、土台をセメントで固めてしまった。

ところが、今度はトラックに一〇人ほどの役人が乗ってやってきた。なんと彼らはノコギリを持っているではないか。

「さあ、宣伝費を払え。払わなければ看板を取り壊してしまうぞ」

半ば強制的であった。

ある日、ブリュノー氏からこんな提案があった。

「南スーダンの首都ジュバにキャンプ場を作るので、一緒にやらないか。そこのレストランをあなたに任せたい。それで一緒に稼ごうではないか！」

「シェ・ラミ」はいまだに再生に苦しんでいるので、ジュバに行こうと考える。お母ちゃんに話すと、あまりこの計画には賛成ではなかったが、

「またわたしを一人にして行ってしまうのね。でもそれも必要だから、お父ちゃんが帰ってくるまで頑張るわ。とても厳しい土地だと聞いているから、体だけは気をつけてね。その間に、『シェ・ラミ』を買いたいという人がいれば探しておくわ」

この時点で、私たちは「シェ・ラミ」のバイヤーを探すことにしたのである。

南スーダンのジュバに出稼ぎに行く

二〇〇七年二月、ナイロビの友人たちと別れ、ブリュノー氏とともに南スーダンのジュバに向かう。スーダン共和国は九カ国に囲まれていて、アフリカ大陸で最大の面積を持っている。北側の人々はイスラム教を信じ、南側の人々はキリスト教を信じている人が多いため、南北の統一がなかなかなされないでいる。

ジュバの上空に差し掛かると、地上には一本の帯状の流れが見える。これが有名な白ナイ

ル川だった。川の両岸に沿って繁っているグリーンは、マンゴーの木々だという。そして、何百キロ先のカルツームの町まで続いているのだ。

「ブリュノー氏、どこに町があるんだい？」

「あれがそうだよ」

「あれって言ったって、町は見えないよ」

「あのあたりに家が散らばっているだろう？　あれがジュバの町さ」

高層建築はまったくないのだ。これが南スーダンの準首都である。大変なところに来てしまったと感じた。

飛行機を降りると、頬をひっぱたくように痛い蒸し暑さである。私たちが向かったのは、市内を通り過ぎた白ナイル川のほとりにあった。キャンプ場の名前は「ホテル・ダヴィンチ」という名前負けしそうなものだった。もっともまだ満足なホテルがなかったので、これが最高級のホテルである。

私がこのキャンプ場に来るという噂は、ジュバの町に広がっていた。ナイロビの「シェ・ラミ」にジュバから休暇でやって来た人たちが、口コミで広げていてくれたのだ。宣伝費は無料である。

「いやー、シェフ！　やっと来てくれましたね、待っていましたよ」

とお客さんから口々に言われるのだ。ジュバには国連職員がたくさん働いているので、その人たちがホテル・ダヴィンチを利用してくれる。レストラン自体はとても広く、庭も使えるので二〇〇人以上が収容できる。しかも、白ナイル川を眺めながら食事ができるのがキャッチフレーズである。運がよければ四メートル級の巨大ワニも見られるという。

この付近の川幅は二〇〇メートルほどもある。川の流れは早いが、少し下流に下るとなぜか水の流れがほとんどなくなってしまう。流れがまったく止まっていると言ってもいい。いったいどちらが上流で、どちらが下流かまったく見当がつかない。

この土地で怖いのは、得体のしれない病気である。ここにきて一カ月くらいでその洗礼を受けた。下痢が止まらないのだ。部屋とトイレを往復し、ベッドでのたうち回る。体重が一〇キログラムも減ってしまった。おそらくナイロビの気候であれば、このような正体不明の病気にかかることはなかっただろう。

さっそく私は新しいメニューを作成する。とにかく、ディナーの時には一〇〇人以上のお客さんで大盛況。コックは八人いるが、すべてケニア人で、まともに料理できるのはその半分である。とてつもなく忙しい日々が続く。

チキンのようなワニのムニエルカレー風味

ある日、南スーダン軍の本部から出前を頼まれた。キッチンはないため、野外で三〇人分の料理をする。五〇度を超える炎天下の中での炭火料理である。私は軽い日射病でダウンしてしまった。しかし、この出前のおかげで軍部の高級将校たちがレストランに出入りするようになり、忙しさも倍増するのであった。

二回目の出前は、朝食と昼食を頼まれた。スタッフは眠る時間もなく準備に追われたのだった。朝食に四〇〇人分×二〇ドル、昼食には五〇〇人分×四〇ドル。その日の売り上げはおよそ二万八〇〇〇ドルの収益。そしてディナーにはレストランに団体でやってきた。そのため、ディナー分を合わせると三万五〇〇〇ドルに達したのだ。一日の売り上げでは、これが最高であった。

ある時、レストランの目の前を流れている白ナイル川直送のワニ料理を出そうということになった。というのは冗談で、実際にはケニアのモンバサにあるワニ園から食用ワニの肉を送ってもらうのだ。このワニ園には食用ワニが何百匹も飼われている。

ナイロビの「シェ・ラミ」をよく利用してくれていたジョン・フランソワというフランス

人がいた。彼に連れられてくる二人のかわいい娘たちは、店に来るたびにワニ肉料理を注文していた。そのフランソワに、偶然にもホテル・ダヴィンチで再会したのだ。

ワニ肉料理は、ムニエルにする。ソースには生クリーム、ココナッツパウダーにごく少量のカレーパウダー、白ワイン、マリブオイルを使う。子どもにはアルコールは使わない。ワニの肉質はチキンと同じようで、匂いもなく、黙っていればワニ肉とは分からない。ワニの焼き鳥風は、ほんとうに鶏肉の焼き鳥を食べているようである。

ジュバへの出稼ぎは三カ月を二回行った。その間、得体のしれない病気に悩まされ続けた。最初の三カ月が終わってナイロビに帰ると食欲が出るのだが、ジュバに行くと体調が悪くなるのだ。ジュバでは休みは一日もなかった。

さらに、約束されていた給料が支払われなかったのだ。私は友人に裏切られてしまったのである。しかも、帰りの航空券は自分で払えという会社側の態度。これで私の腹は決まった。私がいったいどれほどたくさんの客を集めたと思っているのか。

もうジュバからは去ろう。戻ることはない。

二〇〇七年一〇月、ナイロビ空港にはお母ちゃんが出迎えてくれていた。

「『シェ・ラミ』を売って、どこかにこじんまりした店を探しましょう」

「シェ・ラミ」の幕を下ろし、日本へ帰る

一世を風靡した「シェ・ラミ」に幕を下ろす日がやって来た。

レストランの家賃滞納で、大家から「出ていけ！　出ていけ！」と何度言われたことであろう。そのたびに切り抜けてきたが、不景気が続くとこんなにもしんどいものか。もう五カ月滞納している。こんなにも景気が悪くなるとは、予想すらしなかった。現実は甘くない。

電気が止められてしまうこともしばしばだった。暗いキッチンの中で手探りでまるで神業のように料理を作るのだ。袖の下を渡すと、すぐ電気を通してくれるが、それもじきに切られてしまう。そんな追いかけっこをしているうちに、お客さんにも気づかれるようになってしまった。

息子のスティーブンから、

「お父ちゃん、僕にこのバーを任せてもらえないかなぁ。二週間の休暇が取れるので、その間お父ちゃんを手伝うよ」

という提案があったので、試しにやらせてみることにした。スティーブンはケニア空港でキャビンクルーとして働いていた。ところが、彼に任せてみて驚いた。その日は昔の「シェ・

ラミ」を彷彿とさせるものだった。ケニア航空の同僚たちがたくさん来てくれて、満席になったのだ。

初日一日で売り上げた約一〇万シリングは、充分家賃が払える金額だったので、私はほっとした。三日間はほぼ大入り満員だったので、大家に電話を入れると五分とたたずに飛んできた。その時の大家の笑顔といったらなかった。しかし、その笑顔を二度と見ることはなかったのである。

「シェ・ラミ」が大打撃を受けたのは、二〇〇七年一二月の大統領選挙のころからであった。大統領選の結果、現職が勝ったのだが、野党側から不正があったという抗議があり、再選挙となった。その日は町中で暴動が起きる可能性があって危険なため、店を一日だけ閉めることにした。

今までの選挙とは違い、問題が起きたのだ。ケニア最大のキクユ族とルオー族の間に闘争の火がつき始め、殺傷事件が起こるに至った。私がケニアに来て、初めて経験する大暴動であった。店の目の前には野党の本部があるため、「これは一大事になるかもしれない」と戦々恐々とする毎日だった。そして、義弟の住む地区が危ないとのことで、義弟一家が私のアパートに避難してきた。

ニュースによれば、キベラ地区では暴動のため死傷者が出たという。今までになかったことだった。私たちのアパートのすぐ裏にある給油所が燃やされた。給油所が襲われているのを、私たちはアパートの窓から見ていた。その後も各地で暴動が起き、ケニア国民に恐怖を与えていった。

こんな状況の中で、客足が激減していったのだ。

「シェ・ラミ」を買いたいというイギリス人が現れたので、彼に権利を渡すことにした。もう少し早めに申し出てくれたら私たちは他に小さな店を出すことができたのに、残念だった。その間にかろうじて残っていた前金は、借金のカタに消えてしまったのだ。

そして、店を閉めると決めたその夜、偶然にも友人のブリュノー氏がやってきた。

「マサオ、ジュバに戻ってこないか。今度は私が責任を持って給料を払うから」

と言うのである。しかし、再びジュバに行く気にはなれなかったので断った。私がジュバを去ってから客が減ってしまったという話を聞いた。

お母ちゃんに相談すると、

「私は日本に行きたいわ。そして何か新しいビジネスを考えたいの」

という決心を明かされた。これで話は決まり、住み慣れた第二の故郷ケニアを離れて日本に帰国することになった。

このことを日本の友人に話すと、

「それはちょうどいい。実はケニア人の相棒とレストランを経営しているのだけど、君のことを話すと、ぜひその店を任せたいというのだよ」

という申し出をしてくれた。これで私は安心して帰国の途につける。

そろそろ私の長い旅も終わりに近づくのだ。

おわりに

一九六八年三月、二四歳の時に日本を飛び出して以来、私は各国を転々とした流浪のコックだった。その旅もケニアで終わりを迎える。二〇〇九年一〇月に日本に帰るまでの四〇年以上もの歳月をヨーロッパとアフリカで過ごしてきたのだ。

日本に戻ってからは、友人たちに、

「池田さん、まるで浦島太郎ですね」

と冷やかされている。

ケニアのナイロビは、標高一五〇〇メートルを超える気候のよいところである。その町で念願のレストランを開店するにあたり、鴻池組のたくさんの方々から多大なる支援をいただいた。またS氏には多くの寄付金をいただいて、誠にありがたいことであった。日本人、韓国人、フランス人、ケニア人の方々からも応援していただき、厚くお礼申し上げる次第である。

そして、このケニアという土地に長い間住まわせていただいたことに感謝している。

「シェ・ラミ（CHEZ L'AMI）」の意味は、「友だちの家」である。当店に気軽に来ていただき、社交の場として提供できたことは、私の望むところだった。日本人の方には、「フランス料理店で和食も作っているのか」と不思議がられ、敬遠する人もいたようである。しかし、私の目的としたフュージョン料理にいろいろ挑戦できたのは「自分の店」だからであった。

課題は無尽蔵にあるので、これからも挑戦していくつもりである。

そして、私の最大の協力者は愛してやまない妻のワンジル（愛称ソフィー）であり、成長した息子のスティーブンである。二人の協力がなければ、「シェ・ラミ」はこの世に誕生することはなかったであろう。二人には感謝してもしきれない気持ちである。

妻は常々「私は完璧主義者よ」と言う。それは私たちが出会ったときに、きちんと飲み代の支払いをしたことでもわかる。また、彼女の「口」にも現れている。まるで研ぎ澄まされた彼女の神経が口に集中しているかのように、味について料理研究家も顔負けの鋭さなのである。自ら作る料理もいつも美味しく、お世辞抜きで第一級のコックさながらの腕前である。それは愛情を持って作るからなのではないだろうか。

人前に出るときには、いつも時間をかけて念入りに身支度をして出掛けていく。そして、相手に対して「自分はこう思う」とはっきりアピールするのである。それも完璧主義者と名乗るゆえんだろうか。

また、陰で店を支えてくれたソフィーの兄弟姉妹とともに、二人に感謝状を贈ることにした。それがこの本である。

「シェ・ラミ」は不滅ではなかったが、私自身はケニアで好きな人生を送れたのは幸せであった。しかし、このままで老兵のごとく立ち去るつもりはない。今一度夢を、返り咲きをと思

ワンジルとスティーブン。スティーブンはいまや二人の男の子のお父さんだ

う。これから先は充分な時間があるので、何かを発見できるかもしれない。

諸外国を回っているときには、「郷に入れば郷に従え」という言葉を忘れなかった。時には苦痛を伴うこともあったが、この言葉が長い外国生活を助けてくれたのである。その国に世話になっているということを忘れてはいけないのだ。これは「旅行者」としてではなく、その国の「住人」としての義務である。その国で生活し、時には泣き、時には笑い、時には怒る。それがその国の人々との親密さを深めるのだ。

そして、この生活を支えたのは、語学音痴の私ではあったが、仏語、英語、スワヒリ語などを少しばかり話すことができたことだった。言葉を話せることによって、人々と交流できたのが大きな要因であった。

たとえば、ポルトガルには一年半以上住んでいたのだが、私の周りの人たちが仏語を話してくれたので、ポルトガル語を話せない私にとっては、どれだけ助かったか分からない。諸外国を回ったことで、いかに語学が必要であるかということを強く感じたのである。

二〇〇九年五月、「シェ・ラミ」を閉店したことをお伝えします。

長い間、たくさんの応援をありがとうございました。

最後になりましたが、私の大量の原稿をていねいに読んできめ細かなアドバイスをいただき、この本を世に送り出してくださった編集の出口綾子さんと、刊行元である彩流社、ならびに原稿のまとめを手伝ってくださった高木香織さんに厚くお礼を申し上げます。

池田正夫

二〇二〇年七月吉日

地球のどこかでお会いしましょう！

池田正夫（いけだ・まさお）

フュージョン料理研究家。1944年、静岡県浜松市生まれ。中学卒業と同時に上京し、芝大門の精養軒、麻布鳥居坂の国際文化会館でフランス料理のコック修業を始める。1968年、渡仏。語学学校に通いながらパリのラセーヌをはじめ、南仏のホテルなどで腕を磨く。ヨーロッパ各地のホテルのレストランで働いているときに聞いた同僚の話に魅せられ、アフリカに渡る。ケニア・スワヒリ語学院（通称星野学院）でスワヒリ語を学んだ後、アフリカ各国のホテルやプラントで料理人として働く。ヨーロッパ・アフリカで訪問した国は20カ国あまりにものぼる。1996年、ケニアにフランス料理店「シェ・ラミ（友だちの家）」を開店。日本料理・仏料理・アフリカ料理を組み合わせたフュージョン料理（無国籍料理）で人気を博す。2009年、ケニア内乱のために営業不可能となり閉店、帰国。現在もコックとして活躍中。ケニア人の妻と子がある。

＊構成・編集協力　高木香織
＊カバー写真　© Sergey Pesterev

ちょっとケニアに行《い》ってくる
——アフリカに無国籍《むこくせき》レストランを作《つく》った男《おとこ》

2020年8月25日　初版第１刷

著　者　池田正夫©2020
発行者　河野和憲
発行所　株式会社 彩流社
〒101-0051 東京都千代田区神田神保町3-10 大行ビル6階
電話　03-3234-5931
FAX　03-3234-5932
http://www.sairyusha.co.jp/

編　集　出口綾子
装　丁　yamasin(g)
印　刷　明和印刷株式会社
製　本　株式会社村上製本所

Printed in Japan　ISBN978-4-7791-2689-5　C0026
定価はカバーに表示してあります。乱丁・落丁本はお取り替えいたします。